妖《よう》怪《かい》の子 預《あず》かります

廣嶋玲子・作
Minoru・絵

5

東京創元社

人物
久蔵《きゅうぞう》
太鼓長屋の大家の息子《むすこ》
千弥《せんや》
太鼓《たいこ》長屋に住む
按摩《あんま》の青年
玉雪《たまゆき》
兎《うさぎ》の妖怪《ようかい》
弥助《やすけ》
千弥の養《やしな》い子《ご》

登場
左京《さきょう》・右京《うきょう》
飛黒の双子《ふたご》の息子
飛黒《ひぐろ》
烏天狗《からすてんぐ》
津弓《つゆみ》
月夜公の甥《おい》
梅吉《うめきち》
梅の子妖怪
月夜公《つくよのぎみ》
妖怪奉行所《ぶぎょうしょ》
東《ひがし》の地宮《ちぐう》の奉行

萩乃《はぎの》
初音の乳母《うば》
初音《はつね》
華蛇族《かだぞく》の姫《ひめ》
青兵衛《あおべえ》
初音に仕える蛙《かえる》

その他の人物

王蜜《おうみつ》の君《きみ》………妖猫族《ようびょうぞく》の姫
蘇芳《すおう》………初音に仕える下女蛙。青兵衛の女房《にょうぼう》
辰衛門《たつえもん》………久蔵の父

目次

妖怪《ようかい》の子預《あず》かります

5

妖《よう》怪《かい》姫《ひめ》、婿《むこ》をとる

江戸《えど》の貧乏《びんぼう》長屋に住む弥助《やすけ》は、小柄《こがら》で、色黒で、くりくりとした目をした少年だ。どこにでもいそうなふつうの子に見えるが、じつは特別《とくべつ》な役目を担《にな》っていた。妖怪《ようかい》たちの子どもを預《あず》かる〝妖怪《ようかい》の子預《こあず》かり屋《や》〟なのだ。

さいしょこそ、弥助《やすけ》は妖怪《ようかい》たちにふりまわされていた。が、いまではすっかり慣《な》れた。おかげで、最近《さいきん》ではめったなことではおどろかなくなっていたのだが……。

ある夏の夜、目玉が飛《と》びださんばかりにおどろくはめになった。

弥助《やすけ》だけではない。弥助《やすけ》の養《やしな》い親《おや》、かつては白嵐《びゃくらん》と名乗る大妖《たいよう》で、いまは〝弥助命《やすけ》〟の親ばかと化している按摩《あんま》の千弥《せんや》すらも、美しい顔をこわばらせた。

二人をそこまでおどろかせたのは、久蔵《きゅうぞう》という男だった。

1　さらわれた恋人《こいびと》

「おれの恋人《こいびと》がさらわれた！　取り返すから、手を貸《か》してくれ！」

弥助《やすけ》たちの長屋に飛《と》びこんでくるなり、久蔵《きゅうぞう》はそう絶叫《ぜっきょう》した。

久蔵《きゅうぞう》は太鼓《たいこ》長屋の大家の息子《むすこ》で、歳《とし》は二十五。親の手伝《てつだ》いをすることもなくふらふらと遊びまわり、あちこちの女と恋《こい》を楽しむ根っからの遊び人だ。

が、最近《さいきん》ようすが変《か》わった。悪い遊びがぴたりと止《や》み、長屋に押《お》しかけてきて弥助《やすけ》をからかったりすることも少なくなった。

聞けば、恋人《こいびと》ができたのだという。

うわさでそれを知り、弥助《やすけ》は「あんなやつを好《す》きになるなんて」と、その娘《むすめ》さんを気《き》の毒《どく》に思っていたのだ。

その恋人《こいびと》がさらわれたと、久蔵《きゅうぞう》は言う。

頭がまるで働《はたら》かず、長いこと弥助《やすけ》たちはかたまっていた。

ようやく弥助《やすけ》が口を開いた。

「え？　なに？　どういうこと？」

「どうもこうもない！　言ったとおりさ。恋人《こいびと》がさらわれたんだ。しかも、おれの目の前でだよ。あいつら、ふざけやがって！　冗談《じょうだん》じゃないよ！」

目を血走らせてわめく久蔵《きゅうぞう》に、今度は千弥《せんや》が言った。

「さらわれたとわかっているなら、なぜここに来たんです？」

「そ、そうだよ。こんなとこでぐずぐずしてる場合じゃないだろ？　さっさと奉行所《ぶぎょうしょ》なり十手持《じっても》ちの親分なりに頼《たの》みにいけよ！」

弥助《やすけ》もどなった。

だが、久蔵《きゅうぞう》はかぶりをふった。

「そういう相手には頼《たの》めないんだよ。……さらったのは、人じゃあないんだから」

久蔵《きゅうぞう》の言葉に、弥助《やすけ》はぽかんとした。

「人じゃない？　それ、ど、どういうことだよ？」

「だから、あやかしだよ！　妖怪《ようかい》どもがいきなりやってきて、あの子をさらっていったん

だ。うちの姫《ひめ》は返してもらうとかなんとか、えらそうに言いやがって！　止めようとした
おれの頭までなぐりつけやがったんだよ！　見ておくれよ、このこぶ！」

「そんなもん、どうでもいいって。それより……うちの、姫《ひめ》？」

「あ、おれの恋人《こいびと》、人じゃないから。けっこういいとこの妖怪《ようかい》のおじょうさんらしい」

こともなげに言う久蔵《きゅうぞう》に、弥助《やすけ》はあっけにとられたものの、すぐに目をつりあげた。

「……人をからかうのもいいかげんにしろよな」

「からかう？　こっちは大まじめだよ！」

「だって……いきなり信《しん》じられないよ」

「ほんとにほんとだよ！　うそじゃないんだって！」

と、ここでまた千弥《せんや》が口を開いた。

「それで？　どうしてわたしたちに助けを頼《たの》みにきたんです？」

「他にいないからだよ。おれの友だちで、妖怪《ようかい》なのは千さんだけだからね」

そう言って、久蔵《きゅうぞう》はじっと千弥《せんや》を見つめたのだ。

千弥《せんや》はまったく顔色を変《か》えなかったが、弥助《やすけ》は血の気が引いていくのを感じた。

知っている？　久蔵《きゅうぞう》は、千弥《せんや》の正体に気づいている？　いや、そんなはずはない。

かちこちにこわばっている顔に、弥助《やすけ》はむりやり笑《え》みをうかべた。

「な、な、なにをばかなこと言ってんのさ。人じゃないって……」

「たぬ助《すけ》。隠《かく》さなくたっていいんだよ。千さんのこと、おれは知ってるんだ」

静《しず》かな声に、弥助《やすけ》は青ざめて、思わず千弥《せんや》の肩《かた》をぎゅっとつかんだ。

少年の手をにぎってやりながら、千弥《せんや》は小さく息をついた。

「そうじゃないかと、うすうす思ってはいましたよ。久蔵《きゅうぞう》さんはにぶそうに見えて、妙《みょう》なところでするどいから」

「まあね。千さんを見ていると、どうも人とは思えないところがちらほらあったから。こりゃ人じゃないなと思ったほうが、しっくりきたんだよ」

「確信《かくしん》したのはいつです？」

「六年くらい前かな。あの夜、おれは酔《よ》っぱらってて、夜風に当たりたくてさ。なぜかわからないが、長屋の屋根に上ったんだよ。で、生まれて初《はじ》めて、妖怪《ようかい》にでくわしたんだ」

すごいやつだったと、久蔵《きゅうぞう》は身震《みぶる》いした。

「寒気がするほどきれいな顔のあやかしでね。見かけは若《わか》い男なんだけど、真っ白な狐《きつね》みたいな尻尾《しっぽ》が三本も生えていた」

月夜公《つくよのぎみ》だと、弥助《やすけ》は心の中でつぶやいた。
妖怪奉行《ようかいぶぎょう》であり、弥助《やすけ》に「妖怪《ようかい》の子預《こあず》かり屋《や》になれ」と言いわたした大妖《たいよう》。えらそうで性格《せいかく》も悪い。正直、弥助《やすけ》は苦手だ。

だが、おかしいなとも思った。

六年前というと、まだ弥助《やすけ》が妖怪《ようかい》たちと関《かか》わりあいを持つ前だ。あのころ、弥助《やすけ》は千弥《せんや》が妖怪《ようかい》だということも知らず、ぬくぬくと千弥《せんや》をひとり占《じ》めしていた。そんなころに、どうして月夜公《つくよのぎみ》が太鼓《たいこ》長屋にあらわれたのだろう？

首をかしげている弥助《やすけ》の前で、久蔵《きゅうぞう》は話しつづけた。

「そいつはね、屋根に立って、じっと下を見てた。なにを見てるのかと思ったら、そこに千さんがいた。弥助《やすけ》が悪い夢《ゆめ》でも見たんだろうね。千さんは外の井戸《いど》で水をくんで、弥助《やすけ》に飲ませているところだった。それを、屋根の上のあやかしはじっと見ていたのさ。なんとも言えないまなざしだったよ」

「……………」

「こりゃ千さんとなにか関《かか》わりがあるんだって、一目でわかったよ。で、あやかしと関《かか》わりがあるってことは、つまり千さんは人じゃない。そう思うのが当たり前だろう?」

「……そのあやかしは? それからどうしました?」

「おれの気配に気づいたのかどうか知らないが、すっと消えてしまったよ。……あれはだれだって聞いても、教えてはくれないんだろうね?」

「……………」

だまる千弥《せんや》にかわって、弥助《やすけ》が口を開いた。

「し、知ってたのに……なんでなにも言わなかったんだよ?」

「そりゃ、そっちが秘密《ひみつ》にしたがってるようすだったからさ。秘密《ひみつ》にしたがってるものをわざわざ言うなんて、そんなことはしたかないからね」

とにかくだ、と久蔵《きゅうぞう》の顔が引きしまった。

「千さんのことより、いまはおれの恋人《こいびと》のことだ。なんとしても取りもどしたいんだよ。段取《だんど》りをつけてくれ、千さん」

「と言われましても、いまのわたしには力はほとんど残《のこ》っていないんですよ」

「それでも、つながりくらいはあるんだろ？　あの子が連《つ》れていかれた場所さえわかればいい。あとのことは自分でなんとかする。千さんや弥助《やすけ》には絶対《ぜったい》に迷惑《めいわく》をかけないから、頼《たの》む！　頼《たの》むよ！」

がばっと、久蔵《きゅうぞう》は土下座《どげざ》した。ひたいを床板《ゆかいた》にこすりつけるすがたに、弥助《やすけ》は少々感動した。

ふざけてばかりいる久蔵《きゅうぞう》が、こうして頭を下げている。それだけ恋人《こいびと》が大事ということだ。人ではないという恋人《こいびと》のことが……。

弥助《やすけ》は千弥《せんや》に目を向けた。千弥《せんや》は軽くうなずき返したあと、久蔵《きゅうぞう》に言った。

「わかりました。そういうことなら、手を貸《か》します。と言っても、わたしにできるのは本当に手伝《てつだ》いをすることくらいですよ」

「それで十分だよ。礼を言うよ、千さん」

ありがたそうに、久蔵《きゅうぞう》は手を合わせた。

弥助《やすけ》は千弥《せんや》に聞いた。

「で、だれに頼《たの》むの？　月夜公《つくよのぎみ》？」

「あいつがこんなことに手を貸《か》してくれると思うかい？」

「……思わない。じゃあ、だれに？」

「こういう厄介事《やっかいごと》が大好物《だいこうぶつ》な相手に頼《たの》むとするよ」

そう言って、千弥《せんや》は少し複雑《ふくざつ》な笑《え》みをうかべたのだ。

2 猫《ねこ》の姫《ひめ》の手助け

その夜、玉雪《たまゆき》が長屋を訪《おとず》れた。

玉雪《たまゆき》は、弥助《やすけ》を弟のようにかわいがっている兎《うさぎ》の妖怪《ようかい》だ。力が弱いため、日のあるうちは兎《うさぎ》のすがたにもどってしまうが、夜になればころりと丸い女のすがたとなり、弥助《やすけ》の子預《あず》かり屋《や》を手伝《てつだ》いに来る。

やってきた玉雪《たまゆき》に、千弥《せんや》はなにかをささやいた。とたん、玉雪《たまゆき》の顔色がさっと変《か》わった。

「ほ、ほんとに、あのぅ、いいんでございますか?」

「いいんだよ。呼《よ》んできておくれ」

「は、はい」

玉雪《たまゆき》はすがたを消し、すぐに一人の少女を連《つ》れてもどってきた。

歳《とし》は十歳《さい》くらいに見えるが、人ではありえぬ美しさをまとった少女であった。髪《かみ》は雪の

ような白、猫《ねこ》めいた大きな目は金色。赤い唇《くちびる》は、愛《あい》らしくもどこかおそろしい。

すさまじい気品と妖気《ようき》をたたえた少女に、久蔵《きゅうぞう》は目を丸くした。

一方、弥助《やすけ》はため息をついた。だれを呼《よ》ぶかと思ったら、このあやかしだったのか。

王蜜《おうみつ》の君《きみ》。魂《たましい》を集めるのを好《この》む妖猫族《ようびょうぞく》の姫《ひめ》。気まぐれで気ままで、なにものにも縛《しば》られない。次になにをしでかすか、読みにくいあやかしだ。

「久《ひさ》しいの、白嵐《びゃくらん》。弥助《やすけ》も元気であったかえ？」

あまい声で王蜜《おうみつ》の君《きみ》は言った。

「なにやらおもしろいことが起きているそうじゃな。わらわに声をかけてくれるとは、うれしいぞえ。それで、おもしろいこととはなんなのだえ？　早《はよ》う教えておくれな」

身を乗りだしてくる王蜜《おうみつ》の君《きみ》に、千弥《せんや》は久蔵《きゅうぞう》を指さしながら言った。

「ついさっき、この人の恋人《こいびと》が妖怪《ようかい》に連《つ》れさられたそうだよ。行き先をつきとめて、この人をそこへ連《つ》れてってあげておくれ」

「なにゆえ、わらわがそんなことをせねばならぬ？」

「おまえにも関《かか》わりがあるからさ。この件《けん》、もとはと言えば、おまえが糸を引いていたことなのだろう？　だったら、少しは責任《せきにん》を持って、手を貸《か》してやるのが筋《すじ》だ」

「はて、わらわが関《かか》わったとな」

首をかしげながら、王蜜《おうみつ》の君《きみ》は久蔵《きゅうぞう》を見た。そして、はっとしたように笑《わら》った。

「そうか。おぬし、かの姫《ひめ》が好《す》きになった人間ではないかえ。うむ。これはたしかに、わらわも関《かか》わったことであったの。よかろうよかろう。そういうことなら、手を貸《か》そうではないか」

「あ、ありがとう！　こ、このとおり、礼を言います！」

「なに。礼などよいわ。ところで、姫《ひめ》を連《つ》れさったのは、どんな者どもであったかの？」

「それが……一瞬《いっしゅん》のことだったんで。おれたちは、庭で夕涼《ゆうすず》みをしていたんです。そうしたら、いきなり黒い雲が庭におりてきて、そこから大きな牛車《ぎっしゃ》が出てきました。で、わらわらと大きな蛙《かえる》が何匹《びき》も出てきて、あの子を牛車《ぎっしゃ》に押《お》しこんだんです」

「蛙《かえる》、とな……もしや、蛙《かえる》どもを仕切っていたのは、女ではなかったかえ？　銀のぼかしが入った薄墨《うすずみ》色の着物をまとった女ではなかったかえ？」

「お、おっしゃるとおりで」

やはりかと、王蜜《おうみつ》の君《きみ》はため息をついた。

「では、連《つ》れさられた先は一つしかないのぅ。……連《つ》れもどすのはかなりむずかしいこと

になろう。命がなくなるやもしれぬが、それでもよいかえ？」

「はい」

それまでひきつっていた久蔵《きゅうぞう》の顔が、別《べつ》の意味で引きしまった。目に決意をたたえ、猫《ねこ》の姫《ひめ》を見返す。

王蜜《おうみつ》の君《きみ》は小気味よさげに笑《わら》った。

「その心意気、気に入った。では、連《つ》れていってやろう」

王蜜《おうみつ》の君《きみ》はすっとすがたを消した。同時に、そこに座《すわ》っていた久蔵《きゅうぞう》もまた消えたのだ。

おどろく弥助《やすけ》に、「これでだ

いじょうぶだよ」と、千弥《せんや》は言った。

「久蔵《きゅうぞう》さんのことは猫《ねこ》の姫《ひめ》にまかせておこう。あれでも約束《やくそく》したことは守るやつだ。心配はいらないと思うよ、たぶん」

「ほ、ほんとにだいじょうぶかな？」

「なんだね。いつも、久蔵《きゅうぞう》さんがひどい目にあえばいいって言っていたじゃないか」

「そ、そりゃそうだけど。でも、今回は、久蔵《きゅうぞう》だけじゃなくて、相手の娘《むすめ》さんのこともあるから。ちょっと心配になってさ」

「やさしい子だね」

ふわっと千弥《せんや》は笑《わら》った。

「まあ、なんとかなるだろうよ。久蔵《きゅうぞう》さんはしたたかな男だし、身のこなしもすばやい。どこかに忍《しの》びこんだり、逃《に》げたりするのはお手のものだし、うまくやるんじゃないかね」

「……ほめてるの、それ？」

「そうだよ。わたしは久蔵《きゅうぞう》さんのことはそこそこ認《みと》めているんだよ。気に入ってもいる。だから、がんばってほしいものだよ。まあ、久蔵《きゅうぞう》さんならできるだろうさ」

「………」

「それより、弥助《やすけ》、お腹《なか》はすいていないかい？　なにか食べるかい？」

「あ、それなら、あのぅ、大福《だいふく》を持ってきたのですけど」

「それはいい。弥助《やすけ》、大福《だいふく》だそうだよ。好《す》きだろう？　お茶をいれるから、食べなさい」

「あ、お茶ならあたくしが」

いそいそと、弥助《やすけ》をあまやかしはじめる千弥《せんや》と玉雪《たまゆき》。早くも久蔵《きゅうぞう》のことなど忘《わす》れたかのような二人に、弥助《やすけ》は苦笑《くしょう》した。

人間の弥助《やすけ》は、そう簡単《かんたん》に頭の切りかえはできない。今回ばかりは久蔵《きゅうぞう》が心配だった。だから、「がんばれよ」と、心の中でちょっとだけ久蔵《きゅうぞう》のことを応援《おうえん》したのだ。

3 華蛇《かだ》の屋敷《やしき》

久蔵《きゅうぞう》の目の前には、華《はな》やかな寝殿造《しんでんづく》りの屋敷《やしき》があった。

大きな母屋《おもや》を中心にして、いくつもの棟《むね》をつなぎ、広大な一つの屋敷《やしき》に仕立ててある寝《しん》殿造《でんづく》り。黒い屋根には、薄紫《うすむらさき》色の雲がまとわりつき、朱《しゅ》色の柱《はしら》が美しい。

大昔、貴族《きぞく》たちが住まっていたかのような屋敷《やしき》だ。その中庭の茂《しげ》みに、久蔵《きゅうぞう》は身をひそませていた。あっという間に太鼓《たいこ》長屋から連《つ》れだされ、気づけば、ここにおろされていたのだ。なにやら空を飛《と》んだような気もするが、よくおぼえていない。

そして、王蜜《おうみつ》の君《きみ》のすがたもない。久蔵《きゅうぞう》をここに連《つ》れてくるや、

「そなたの恋人《こいびと》はあの屋敷《やしき》の中じゃ。うまく忍《しの》びこむがよいぞ」

と言って、さっさと消えてしまったのだ。

見知らぬ場所に一人残《のこ》されて、久蔵《きゅうぞう》は不安《ふあん》になった。だが、すぐに持ち前のしたたかさ

と強気を取りもどした。

とにかく、あの子がいる場所に来ることができた。それで十分だ。

金糸梅《きんしばい》の茂《しげ》みにしゃがみこみながら、久蔵《きゅうぞう》はじっと屋敷《やしき》をうかがった。ときおり、きれいな女たちが廊下《ろうか》を歩いていくのが見える。人の子どもくらいもある、大きな蛙《かえる》も見えた。着物を着て、うしろ足で立って歩いている。身なりからして召《め》し使《つか》いらしい。

だが、屋敷《やしき》そのものは静《しず》かだった。あやかしの数はそう多くはなさそうだ。

だれもいなくなったところを見計らい、久蔵《きゅうぞう》は思いきって隠《かく》れ場所を飛《と》びだし、すばやく屋敷《やしき》の廊下《ろうか》に駆《か》けあがった。

のぞいてみたところ、あきれるほどに屋敷《やしき》の中は広く、無数《むすう》の部屋があるようだった。廊下《ろうか》も果《は》てしなく長い。

「こりゃ大変《たいへん》だ」

とにかく部屋数が多すぎる。一つ一つたしかめていったら、朝になってしまいそうだ。

久蔵《きゅうぞう》は少し考えこんだ。

「おれにもし、娘《むすめ》がいたとする。かわいい大事な娘《むすめ》。その子に変《へん》な虫がつきそうになったら……当然《とうぜん》、守ろうとする。屋敷《やしき》の一番奥《おく》の部屋で。そこが一番安全だから」

よしとばかりに、久蔵《きゅうぞう》は奥《おく》へと進みだした。

やがて、久蔵《きゅうぞう》の耳がかすかな声をとらえた。

若《わか》い女のすすり泣《な》き。まちがいなく、あの子の泣《な》き声《ごえ》だ。

久蔵《きゅうぞう》は走りだした。声をたどって、夢中《むちゅう》で走る。

白孔雀《しろくじゃく》の絵が描《か》かれたふすまを開けはなったところ、そこは大きな座敷《ざしき》となっており、中央には若《わか》い娘《むすめ》がうずくまっていた。

「初音《はつね》ちゃん！」

久蔵《きゅうぞう》は娘《むすめ》に飛《と》びついた。久蔵《きゅうぞう》を見るや、初音《はつね》はぱっと笑顔《えがお》になった。

「久蔵《きゅうぞう》！」

「だいじょうぶだったかい？　けがはないかい？」

初音《はつね》の手を取ったところで、久蔵《きゅうぞう》ははっと顔をこわばらせた。

「……おまえさん、だれだい？」

「なにを言っているの？」

「たしかに初音《はつね》ちゃんにそっくりだ。でも、ちがう。……だれなんだい？」

にっと、初音《はつね》が笑《わら》った。

次の瞬間《しゅんかん》、どすんと、ものすごい重みが久蔵《きゅうぞう》の背中《せなか》に落ちてきた。

「わっ！」

たまらず、久蔵《きゅうぞう》は床《ゆか》に倒《たお》れた。そのまま身動きが取れなくなる。

つぶれた蛙《かえる》のようになっている久蔵《きゅうぞう》の前で、初音《はつね》がゆっくりとすがたを変《か》えていった。

あらわれたのは四十くらいの女だった。

女は、かみそりのような目で久蔵《きゅうぞう》を見下ろした。

「まさか見やぶられるとは思いませんでしたよ。なかなか勘《かん》がするどいではありませんか」

「ぐぅっ！　あ、あんた、あの子、どこやったんだ！」

「まだしゃべれるのですか？　しぶといこと。ですが、それももう終わりですよ。……おまえを姫《ひめ》に会わせるわけにはいかないのです。そのまま消えておしまいなさい」

「う、おっ！」

重みが増《ま》してきて、久蔵《きゅうぞう》はうめいた。骨《ほね》も肉も押《お》しつぶされてしまいそうだ。必死《ひっし》でもがいたが、逃《のが》れられない。

久蔵《きゅうぞう》の目の前が暗くなりかけたときだ。

ふいに、のしかかっていた重みが消えた。

あえいでいる久蔵《きゅうぞう》の耳に、あの女の気色ばんだ声が聞こえた。

「なにをなさるのです！　邪魔《じゃま》をなさるのですか！」

「いかにも」

ゆったりとした声が答える。

久蔵《きゅうぞう》はなんとか首を動かし、そちらを見た。

王蜜《おうみつ》の君《きみ》がいた。白い髪《かみ》をなびかせ、妖《あや》しい笑《え》みをうかべて、そこに立っている。

「危《あや》ういところであったのう、久蔵《きゅうぞう》。だいじょうぶかえ？」

「ね、猫《ねこ》の、お姫《ひめ》さ、ん……帰った、と思って、た」

「まさか。このようなおもしろいこと、わらわが見逃《みのが》すとでも？　むろん、すべて見ておったわ。この屋敷《やしき》の奥《おく》まで、ようたどりつけたものよ。やるではないか、そなた」

「見てたって……そ、それじゃ、なんでおれを一人にしたんです？」

「わらわが手を貸《か》しては、おもしろくないからの。まあまあ、よいではないか。本当にあぶないときには、ほれ、こうして助けに来たであろう？　わらわはやさしいであろう？」

しれっと言う王蜜《おうみつ》の君《きみ》に、久蔵《きゅうぞう》は弱々しく笑《わら》った。

4　久蔵《きゅうぞう》という男

華蛇族《かだぞく》の萩乃《はぎの》は腹《はら》を立てていた。怒《いか》りをこめて、前に座《すわ》る王蜜《おうみつ》の君《きみ》をにらみつける。

「王蜜《おうみつ》の君《きみ》。気まぐれで口出しをされては困《こま》ります。このたびのことは、お遊び事ではないのでございますよ？」

「そう言うな、萩乃《はぎの》。乳母《うば》であるそなたが、初音姫《はつねひめ》のことをどれほど大切に想《おも》うているかは、わらわとて知っておる。だがの、わらわも初音姫《はつねひめ》のことは気に入っておるからの。幸せになってもらいたいと思うておる」

「そう思うてくださるのなら、なにゆえ、あの人間に味方なさるのでございます？」

ぴりりと眉《まゆ》をつりあげる萩乃《はぎの》に、王蜜《おうみつ》の君《きみ》は金色の目を向け、ゆっくりと尋《たず》ね返《かえ》した。

「こちらこそ、なぜと聞きたいのぅ。そなたら華蛇族《かだぞく》は、恋《こい》をなにより大切にする一族。そして、初音姫《はつねひめ》はあの久蔵《きゅうぞう》という男を好《す》いておる。その仲《なか》を裂《さ》こうとするなど、みっとも

ない。華蛇族《かだぞく》とも思えぬまねを、なにゆえするのだえ？」

「あのように不細工《ぶさいく》な、華蛇族《かだぞく》でもない男など、姫《ひめ》にふさわしくないからでございます」

「そういうそなたとて、華蛇族《かだぞく》ではない者を夫《おっと》に選《えら》んだではないか。それも、たいそうな惚《ほ》れこみようで、当時は大変《たいへん》なうわさになったはず」

「わたくしのことは関係《かんけい》ございませぬ」

ぴしゃりと、萩乃《はぎの》は言った。

「少なくとも、わたくしは同じあやかしを夫《おっと》に選《えら》びました。相手が人間とあらば、話は別《べつ》でございます」

「同じことであろうよ」

くすくすと笑《わら》ったあと、王蜜《おうみつ》の君《きみ》はふと首をかしげた。

「そういえば、初音姫《はつねひめ》は？　そなたにむりやり屋敷《やしき》に連《つ》れもどされ、泣《な》きじゃくっているのではないかえ？」

「それが王蜜《おうみつ》の君《きみ》、そうでもないのでございます」

萩乃《はぎの》の顔がしぶくなった。

「さいしょこそ、怒《おこ》り、泣《な》いておられました。けれど、しばらくすると、きっぱり泣《な》きやまれ、台所に行きたいと言いだされたのです」

「台所？　それはまた、なにゆえ？」

「下働《したばたら》きの蛙《かえる》たちに、料理《りょうり》を教えてもらうと言うのでございます。いずれ、自分はあの人のもとにもどるのだから、そのときまでに、うんとおいしいものをこしらえられるようになっていたいと」

王蜜《おうみつ》の君《きみ》は目をみはり、はじけるように笑《わら》いだした。

「ほほう。初音姫《はつねひめ》もずいぶんとたくましくなったものじゃ。そうか。よほど久蔵《きゅうぞう》に惚《ほ》れぬいておるのじゃな」

「……………」

むすっとだまりこむ乳母《うば》に、王蜜《おうみつ》の君《きみ》は諭《さと》すように言った。

「少しは初音姫《はつねひめ》を信《しん》じてやってはどうじゃ？　そなたが大切に育てた姫《ひめ》じゃ。その姫《ひめ》が選《えら》んだ男ならば、それなりに光るものを持っているはず」

「……………」

「恋《こい》に生きてこその華蛇《かだ》と言うではないか。それをそなたが断《た》ち切《き》っては、初音姫《はつねひめ》の心がこわれるやもしれぬ。そうなってもよいのかえ？」

「それは……いやでございますが」

「ならば、もう少し長い目で見てやるがよい。それに、そなたとて、かわいい姫《ひめ》に鬼《おに》ばば呼《よ》ばわりされたくはあるまいて」

さいごの一言はおおいに効果《こうか》があった。

一気に青ざめた萩乃《はぎの》は、ついにくやしげにうなずいたのだ。

「ようございます。王蜜《おうみつ》の君《きみ》がそれほどにおっしゃるのであれば、もう少し、久蔵《きゅうぞう》なる男を見きわめてみましょう。さっそく、あの男をきらっている者を探《さが》して、話を聞きます」

「……人となりというものは、ふつうは友人などに聞くものではないのかえ?」

「いいえ。敵《てき》のほうが、相手の本質《ほんしつ》をよう見抜《みぬ》いておりますから。あの男をきらう者を探《さが》してみようと思います」

にやっと、王蜜《おうみつ》の君《きみ》が笑《わら》った。

「それなれば、うってつけの者がおるぞえ」

弥助《やすけ》はものすごく腹《はら》を立てていた。ぱんぱんに頬《ほお》をふくらませ、同時にぎりぎりと歯ぎしりするという器用《きよう》なことをやってのける。

弥助《やすけ》はつい先ほどまで、太鼓《たいこ》長屋の便所《べんじょ》にいたのだ。

出すものを出して、すっきりして、いざ千弥《せんや》の待つ部屋にもどろうとしたときだ。いきなりだれかにかかえあげられた。

「すまぬの、弥助《やすけ》。久蔵《きゅうぞう》のことを知りたがっているものがおるのじゃ。許《ゆる》せよ」

あまい声で耳元でささやかれたあと、ぐるりと、体の中が回転するような気持ち悪い感触《かんしょく》が走り、そして……。

気づけば、広い座敷《ざしき》に投げだされていた。

座敷《ざしき》の主《あるじ》は、弥助《やすけ》をもてなすつもりなのだろう。赤い座布団《ざぶとん》が敷《し》かれ、かわいらしい干菓子《ひがし》とお茶がならんでいる。

不安《ふあん》だったのはさいしょだけで、弥助《やすけ》はすぐに腹《はら》が立ってきた。

便所《べんじょ》で自分をつかまえたのも、ここへ連《つ》れてきたのも、王蜜《おうみつ》の君《きみ》だろう。だが、その理由が納得《なっとく》できない。久蔵《きゅうぞう》のことを知りたがっているものがいるからって、よりにもよって、なぜ自分が選《えら》ばれなくてはならないのだ！

「だからやなんだよ、久蔵《きゅうぞう》は。なにが、迷惑《めいわく》はかけないから、だ！　そう言って、絶対《ぜったい》まきこんでくるんだから。ああ、やだやだ！　あいつ、ほんときらい！」

怒《いか》りをこめてぶつぶつ言っていると、ふいにふすまが開き、一人の女が入ってきた。

銀ねず色の着物の上に、薄墨《うすずみ》色の打ちかけというしぶい身なりの女だ。若《わか》くはないものの、その顔立ちはいまでも十分に美しい。

思わず背筋《せすじ》をのばして正座《せいざ》する弥助《やすけ》に、女は静《しず》かに頭を下げた。

「わたくしは華蛇《かだ》の萩乃《はぎの》と申すもの。そちらは子預《こあず》かり屋《や》の弥助殿《やすけどの》ですね。手荒《てあら》なまねをしたことは、このとおりおわびします。ですが、これはわけあってのこと。怒《おこ》らずに話を聞いてもらえましょうか？」

「う、うん」

萩乃《はぎの》の威厳《いげん》におされ、弥助《やすけ》はうなずいた。

同時に、気づいた。華蛇《かだ》というのは、聞きおぼえのある名前だ。

「もしかして、初音姫《はつねひめ》の一族かい？」

「姫《ひめ》を知っているのですか？」

「う、うん。まあ、少しだけ」

「では、姫《ひめ》の恋人《こいびと》が久蔵《きゅうぞう》という人間であることも、むろん知っているのでしょうね？」

「それは……えっ？　えええええっ！……そ、そうなのかい？　え、ほんとなの？　あの初《はつ》音姫《ねひめ》が久蔵《きゅうぞう》の？」

「残念《ざんねん》ながら、まことのことです」

目を白黒させる弥助《やすけ》に、萩乃《はぎの》は苦々しい顔でうなずいた。どうやら萩乃《はぎの》は久蔵《きゅうぞう》が気に入らないらしい。

無理《むり》もないと思いつつ、なんでまた久蔵《きゅうぞう》なんだと、弥助《やすけ》は首をかしげた。初音姫《はつねひめ》と言えば、美しい男が好《す》きで、一時は千弥《せんや》に目をつけていたほどだ。久蔵《きゅうぞう》もそこそこ顔立ちはいいほうだが、千弥《せんや》とはくらべものにならない。

(千にいにこっぴどくふられて、そのあと人間と恋《こい》に落ちたって言ってたけど……それにしてもなぁ。千にいにふられたからって、なんで久蔵《きゅうぞう》なんかに惚《ほ》れるかなぁ？)

わけがわからんと、弥助《やすけ》は腕組《うでぐ》みした。

その弥助《やすけ》に、萩乃《はぎの》がにじりよってきた。切れ長の目がつりあがっていた。

「弥助殿《やすけどの》。そなたに聞きたいことがあるのです。久蔵《きゅうぞう》がどんな人となりで、どういう心根の持ち主か、わたくしに教えてほしいのです。わたくしは姫《ひめ》の乳母《うば》として、あの男が本当に姫《ひめ》にふさわしいかを、見定めなければならないのです」

「……萩乃《はぎの》さん、初音姫《はつねひめ》のおっかさんじゃないの？」

「ちがいます。わたくしは乳母《うば》。母君はちゃんと別《べつ》にいらっしゃいます。ですが、姫《ひめ》をお育てしたのはわたくし。娘《むすめ》も同然《どうぜん》の、大切な方なのです。不幸《ふこう》になるとわかっていて、この恋《こい》を貫《つらぬ》かせるわけにはいかないのです」

さあ早くと、萩乃《はぎの》は弥助《やすけ》をにらんだ。目が白く光りはじめている。

「いま、王蜜《おうみつ》の君《きみ》が術《じゅつ》で白嵐《びゃくらん》さまをおさえてくださっています。ですが、そう長くはもたないと、王蜜《おうみつ》の君《きみ》自身がおっしゃっていました。急いでいるのです。久蔵《きゅうぞう》はどんな男ですか？　さあ、話してください！」

「は、はい！」

へどもどしながらも弥助《やすけ》は久蔵《きゅうぞう》のことを話していった。

ろくでなしで、女ったらしで、どうしようもない遊び人。

楽しいことが大好《だいす》きで、苦労《くろう》と説教《せっきょう》と男が大きらい。

年がら年中、借金《しゃっきん》取りから逃《に》げまくっているので、逃《に》げ足《あし》にかけては動物なみ。

好物《こうぶつ》は酒と天ぷら。

きらいなものはきゅうり。

次から次へと、久蔵《きゅうぞう》について話せることに、弥助《やすけ》は自分でおどろいた。だが、考えてみれば、久蔵《きゅうぞう》とも長いつきあいなのだ。知っていることが多いのも当たり前だ。

ようやくしゃべりつくし、弥助《やすけ》は一息ついた。

それまでだまって聞いていた萩乃《はぎの》も、深いため息をついた。

「やはり……ろくでもない男のようですね」

「そりゃもう。あいつはろくでなしだよ。これまであちこちの女の人とつきあったらしいけど、長くつづいたことはいっぺんもないんだ。あ、でも……」

「でも？」

「あいつ、長つづきはしないんだけど……きれいに別《わか》れるんだよね。少なくと

もあいつは……女の人を泣《な》かしたことはないはずだよ」

「……」

「そういや、長屋のおかみさんやじいさん連中《れんちゅう》の頼《たの》みごとは、けっこうまめに引き受けてやっているみたいだし。面倒見《めんどうみ》は……いいほうだと思う」

萩乃《はぎの》はあきれたように弥助《やすけ》を見た。

「そなたはあの男をきらっていると聞いていたのですが」

「きらいだよ、もちろん！　大きらいさ！　だけど……腐《くさ》ったやつじゃないってことだよ。生き物をいじめたり、弱いやつをなぶったり、そういうまねはしない。それはたしかだよ」

しばしだまったあと、萩乃《はぎの》は静《しず》かに尋《たず》ねた。

「姫《ひめ》は……幸せになれると思いますか？」

「そんなこと、おれにはわかんないよ」

「そうですね。……ああ、王蜜《おうみつ》の君《きみ》の術《じゅつ》が破《やぶ》られたようですね」

「えっ？」

「白嵐《びゃくらん》さまがここにおいでになる前に、わたくしは逃《に》げます」

すっくと立ちあがり、すばやくふすまのほうへと向かう萩乃《はぎの》。さいごに弥助《やすけ》のほうをふりかえり、少しだけほほえんだ。

「礼を言います。よくぞいろいろと教えてくれました。……白嵐《びゃくらん》さまに、帰りの駕籠《かご》は用意させますので、どうぞお許《ゆる》しくださいと伝《つた》えてください」

そう言って、萩乃《はぎの》はふすまの向こうに消えた。

それと入れちがいに、顔色を変《か》えた千弥《せんや》が座敷《ざしき》に駆《か》けこんできたのだ。

5　試練《しれん》は三つ

久蔵《きゅうぞう》は小さな物置《ものお》き部屋に入れられていた。

板張《いたば》りの床《ゆか》がとても冷《つめ》たいが、手足も縛《しば》られてはいないし、動きまわれる。

だが、どういうわけか、戸には近づけなかった。近づこうとすると、ばりばりっと、手《て》痛《いた》い小さな雷《かみなり》のようなものが嚙《か》みついてくるのだ。

何度かためしたあと、久蔵《きゅうぞう》は外に出るのをあきらめた。

「いいさ。殺《ころ》されることはないだろうし。向こうが出てくるまで、おとなしくしとくさね。でも……いいかげん、尻《しり》が冷《つめ》たくなってきた。招《まね》かれざる客ってことはわかってるから、お茶を出せとは言わないけど、せめて座布団《ざぶとん》くらいは差《さ》し入《い》れてほしいんだがねえ」

ぶつくさつぶやいたときだ。

からりと、軽い音を立てて、戸が開いた。

「失礼《しつれい》いたしやす」

頭を下げて入ってきたのは、人の子ほどもある大きな蛙《かえる》だった。あざやかな青緑色の体に、茶色の半纏《はんてん》を羽織《はお》り、ねじりひものような黒と赤の帯《おび》をしめている。すそをからげて、ふんどしがのぞいているところを見ると、どうやら雄《おす》であるらしい。

蛙《かえる》は久蔵《きゅうぞう》の前にぺたぺたと歩いてくると、きちんと手をついて頭を下げてきた。

「手前は、青兵衛《あおべえ》というものでございやす。この屋敷《やしき》にて姫《ひめ》さまづきの小者として働《はたら》いておりやす。どうぞお見知りおきを、久蔵殿《きゅうぞうどの》」

久蔵《きゅうぞう》はすぐには言葉を返せなかった。蛙《かえる》が口をきいたことにもおどろいたが、どちらかというと、その態度《たいど》に感心したのである。どこかの小僧《こぞう》よりずっと礼儀《れいぎ》正しいではないか。

「あ……ああ、うん。こちらこそよろしく頼《たの》むよ。えっと……青兵衛《あおべえ》、さん。おまえさんの言う姫《ひめ》さまってのは、初音《はつね》ちゃんのことだね？」

「はい。さようでございやす。じつはその姫《ひめ》さまのお乳母《うば》、萩乃《はぎの》さまより伝言《でんごん》をうけたまわってきたんでございやす。聞いていただけやすか？」

「ああ、いいとも」

急いで正座《せいざ》する久蔵《きゅうぞう》に、青兵衛《あおべえ》はすらすらと伝言《でんごん》をのべていった。

「華蛇族《かだぞく》の初音姫《はつねひめ》が乳母《うば》、萩乃《はぎの》より、久《きゅう》蔵《ぞう》に申しつける。人の身でありながら姫《ひめ》をたぶらかしたこと、まこと許《ゆる》せぬことではあるが、猫《ねこ》の姫君《ひめぎみ》のおとりなしもあり、なにより初音姫《はつねひめ》が汝《なんじ》を慕《した》うこと、これしようもなし。よって、汝《なんじ》の心を見定めようと思う。三つの試練《しれん》を与《あた》える。ふたたび初音姫《はつねひめ》と会いたくば、試練《しれん》を乗《の》りこえてみせよ」

以上《いじょう》でございやすと、青兵衛《あおべえ》はもう一度頭を下げた。

ふうっと久蔵《きゅうぞう》は息をついた。

二度と初音《はつね》には会わせないと言われるかと思ったが。これは希望《きぼう》が持てる申し出だ。

「しかし、三つの試練《しれん》ねぇ。……できれば、荒《あら》っぽいことは、かんべんしてもらいたいねえ。おれは非力《ひりき》な色男で、箸《はし》より重たい物は持ちたくないんだよ。ねえ、そこんとこ、青《あお》兵衛《べえ》さんから萩乃《はぎの》さんに頼《たの》んでもらえないものかね？」

「ご冗談《じょうだん》を。萩乃《はぎの》さまによけいな口出しをしようものなら、手前が食われてしまいやす。こう見えても、手前は女房《にょうぼう》と五十六匹《ぴき》のおたまじゃくしをかかえた身でございやす。子どもらに無事《ぶじ》に手足が生えるまでは、死にたくございやせん」

きっぱり言われ、こりゃ申《もう》し訳《わけ》ないと、今度は久蔵《きゅうぞう》が頭を下げた。

ともかくと、青兵衛《あおべえ》は立ちあがった。

「これにて伝言《でんごん》はお伝《つた》えしやした。外に駕籠《かご》を待たしてございやす。案内《あんない》いたしやすので、ついてきてくださいやせ」

「え？　どこに行くんだい？」

「久蔵殿《きゅうぞうどの》を無事《ぶじ》、人界《じんかい》まで送りとどけよと、萩乃《はぎの》さまに申しつけられておりやす」

「おや、このままここで試練《しれん》を受けるんじゃないのかい？」

「いいえ。どんな試練《しれん》にするか、考えねばならぬゆえ、久蔵《きゅうぞう》さまにはしばらく自宅《じたく》にてお待ちいただきたいとのことで。さ、こちらにどうぞ」

こうして、久蔵《きゅうぞう》は華蛇族《かだぞく》の屋敷《やしき》をあとにすることになった。駕籠《かご》に乗りこむ前、一目初《はつ》音《ね》に会っておきたいと願《ねが》ったが、それはかなえられなかった。

「じゃ、せめて初音《はつね》ちゃんに伝《つた》えてくれないかい？　これからしばらく会えそうにないけど、体に気をつけてと。あと、おれがなんとかしてみせるから、迎《むか》えにいくまで泣《な》くんじゃないよって伝《つた》えてほしい」

「……お伝《つた》えいたしやしょう。さ、駕籠《かご》へどうぞ。手前もおともいたしやす」

そうして、久蔵《きゅうぞう》は自宅《じたく》へともどされたのだ。


数日後の夜、ふたたび青兵衛《あおべえ》がやってきた。第一の試練《しれん》を伝《つた》えにきたのだ。

久蔵《きゅうぞう》は顔をこわばらせ、青兵衛《あおべえ》を見つめた。

この数日、どんな試練《しれん》になるだろうと、あれこれ思いうかべていた。鬼《おに》と戦《たたか》うのか。幽《ゆう》霊《れい》と肝試《きもだめ》しをするのか。仙人《せんにん》と知恵《ちえ》くらべなどというのもあるかもしれない。いずれにせよ、簡単《かんたん》にはいかないに決まっている。

覚悟《かくご》はできていたつもりだった。

だが、実際《じっさい》に言いわたされた試練《しれん》は、思いもよらぬものだった。

久蔵《きゅうぞう》は絶句《ぜっく》し、それから真っ青になった。
そして……。
ふたたび太鼓《たいこ》長屋の千弥《せんや》たちのところに駆《か》けこんだのだ。

6　久蔵《きゅうぞう》の頼《たの》み

弥助《やすけ》ははなから不機嫌《ふきげん》だった。となりに座《すわ》る千弥《せんや》も、苦りきった顔をしている。

その二人の前に這《は》いつくばるようにしながら、久蔵《きゅうぞう》はひたすら頼《たの》みこんだ。

「ほんとに、ほんとにすまない。こうなっちまったのは、おれとしてもほんとに不本意《ふほんい》なんだよ。だけど、向こうはこっちの都合なんか、おかまいなしなわけで」

「……なんでおまえの騒動《そうどう》にまきこまれなきゃならないんだよ！　もううんざりだよ」

「そうですよ。あとは自分でなんとかすると言うから、王蜜《おうみつ》の君《きみ》を呼《よ》んだのに。あのあと、弥助《やすけ》がどんな目にあったか、知っているんですか？　萩乃《はぎの》とかいう乳母《うば》に華蛇《かだ》の屋敷《やしき》に連《つ》れていかれたのですよ」

「えっ、お、おまえもあの屋敷《やしき》に行ったのかい？」

びっくりする久蔵《きゅうぞう》を、弥助《やすけ》はにらみつけた。

「行ったんじゃない！　むりやり連《つ》れていかれたんだよ！　だれかさんのことをあれこれ聞かれてさ。もうすっごく不愉快《ふゆかい》だったんだからな！」

「そうですよ。わたしと急に引きはなされて、この子がどんなにこわい思いをしたことか。しばらくは久蔵《きゅうぞう》さん、あなたの声も聞きたくない。おひきとりください」

「そうだ。帰れ帰れ！」

かたくなな態度《たいど》の二人を、久蔵《きゅうぞう》は必死《ひっし》で拝《おが》んだ。

「頼《たの》むよ。手を貸《か》してくれ。おれが嫁取《よめと》りできるかどうかの大事なときなんだ。お、おれが一生結婚《けっこん》できなくてもいいってのかい？」

「別《べつ》に、華蛇《かだ》の姫《ひめ》にこだわらなくたって、いいじゃありませんか。探《さが》せば、もっといい娘《むすめ》さんが見つかるかもしれない。その人と結婚《けっこん》すればいい話でしょうが」

「せ、千さん……」

さすがに久蔵《きゅうぞう》は涙目《なみだめ》になった。

「この状況《じょうきょう》で、よくそういう薄情《はくじょう》なことを言えるねぇ。もっと親身になってくれたっていいじゃないか。友だちの一大事なんだよ？」

「千にいはおまえの友だちなんかじゃないぞ！」

「おだまり、ちび助《すけ》！　そうやって千さんをひとり占《じ》めしようたって、そうはいかないよ。だいたい、そういうおまえだって、おれの友だちだろう？」

「なに言ってんだ、ばか！」

げしっと弥助《やすけ》に蹴飛《けと》ばされたが、久蔵《きゅうぞう》はひるみもせず土下座《どげざ》した。

「頼《たの》むよ。お乳母《うば》さんはこれから三回、妖怪《ようかい》の子どもを一人ずつ送ってくるつもりらしい。それぞれの子の世話をしろって。でも、おれは妖怪《ようかい》にはくわしくない。だから、いろいろ教えてもらいたいんだよ。……弥助《やすけ》、おまえ、妖怪《ようかい》の子預《こあず》かり屋《や》なんだろ？」

「な、なんで知ってるんだよ？」

「青兵衛《あおべえ》さんが教えてくれたからさ。ああ、青兵衛《あおべえ》さんってのは、初音《はつね》ちゃんのところに仕えている蛙《かえる》だよ。ここに行けと助言をくれたのも青兵衛《あおべえ》さんだ。……ほんとなのかい？　妖怪《ようかい》の子どもを預《あず》かってるってのは？」

　ああっと、弥助《やすけ》はうなずいた。

「……そうだよ。子預《こあず》かり妖怪《ようかい》のうぶめの手伝《てつだ》いをしてるんだ。毎晩《まいばん》じゃないけど、それなりに妖怪《ようかい》たちが子どもを預《あず》けに来る。だから、おまえの手伝《てつだ》いをする暇《ひま》なんてない」

「いやいや、なにも丸投げしようって言うんじゃない。ただ、子どもが来たら、どう世話をしたらいいか、ちょいと教えてほしいって言ってるだけであって……」

「くどいですね。だめなものはだめですよ。弥助《やすけ》がこうも嫌《いや》がっているんですから」

粘《ねば》る久蔵《きゅうぞう》に、千弥《せんや》は冷《つめ》たく言いはなった。

「だいたい、久蔵《きゅうぞう》さんを助けて、それがなんになると言うんです？　こちらは迷惑《めいわく》かけられてばかりで、一つもいいことがない。なにより、わたしと弥助《やすけ》が過《す》ごす時がさらに削《けず》られてしまう。百害《ひゃくがい》あって一利《いちり》なしです」

「そ、そこまで言う？　ひどいよ、千さん。あんまりじゃないか。……わかった。そ、それじゃお礼をちゃんとするから！」

「お礼？」

「そう。えっとえっと……そうだな。おれがもし、無事《ぶじ》に結婚《けっこん》できて、この太鼓《たいこ》長屋の大家になったときには……千さんから家賃《やちん》はいただかない。ずっとずっと、ただでここに住んでいいから！」

高らかにさけぶ久蔵《きゅうぞう》に対して、千弥《せんや》と弥助《やすけ》の反応《はんのう》はにぶかった。二人は顔を見合わせた。

「どう思う、弥助《やすけ》？」

「うーん。なんか、いまいち。ここの家賃《やちん》、そんなに高くないし」

「だねぇ。わたしの稼《かせ》ぎで十分払《はら》える額《がく》だし。もっとちがうものがいいよねぇ」

腕組《うでぐ》みしたあと、千弥《せんや》はふと思いついたような顔となった。

「……そういえば、鶏《にわとり》をたくさん飼《か》っている親戚《しんせき》がいるって、前に言っていませんでしたか？　たしか、産《う》みたて卵《たまご》をいつも届《とど》けてくれるとか」

「あ？　ああ、うん。そうだよ」

それがいいと、千弥《せんや》はにこりとした。

「卵《たまご》は弥助《やすけ》の好物《こうぶつ》だし、体にもいい。これからはその卵《たまご》、うちにもまわしてください。そうしてくれるなら、お手伝《てつだ》いしようじゃありませんか」

「千にい！」

「いいじゃないか、弥助《やすけ》。卵《たまご》、おいしいよ。体にいいよ。それが毎日食べられるなんて、とてもぜいたくじゃないか」

「た、たしかに……悪くないかもしれないね」

「そうとも。悪くないよ」

すっかりその気になった二人を前に、久蔵《きゅうぞう》は少し納得《なっとく》できないという顔をしていた。

「おれの結婚《けっこん》の値《あたい》は、産《う》みたて卵《たまご》かい……」と、ぶつくさつぶやく。

ここで、弥助《やすけ》はあることに気づいた。思わずまっすぐ久蔵《きゅうぞう》を見た。

「子どもを預《あず》けられたら、どこで世話をする気だい？　おとっつぁんたちに知られたら、大事《おおごと》になるぞ？」

「そのことなら心配ないよ。おれはもともと離《はな》れで寝起《ねお》きさせてもらってるんだよ。親や女中はめったに離《はな》れには来ないからね。そこでなら妖怪《ようかい》の子どもを預《あず》かってもだいじょうぶだと思う」

「……なるほど」

「じゃあ、裏手《うらて》の木戸はいつも開けておくから。ちょくちょくこっちのようすを見に来ておくれ。手は貸《か》してくれなくていい。助言をしてくれれば、それでいいから」

わかったと、弥助《やすけ》はうなずいた。

それからさらに二日後、青兵衛《あおべえ》が一人目の子どもを連《つ》れてきた。

7 貧乏神《びんぼうがみ》

第一の試練《しれん》として、青兵衛《あおべえ》が連《つ》れてきたのは、五歳《さい》くらいの、ぞっとするほどきたない男の子だった。

体をおおっているのは、ぞうきんのようなぼろ布《ぬの》。そこからのぞく肌《はだ》は、垢《あか》で真っ黒だ。髪《かみ》は長く、ぼさぼさで、顔をすっかり隠《かく》してしまっている。まるで松《まつ》ぼっくりが人の首の上にのっているかのようだ。しかも、脂《あぶら》でべたべたで、固《かた》くもつれあっている。これだけきたないのだから、臭《にお》いもすごい。久蔵《きゅうぞう》は鼻をつまみそうになるのを必死《ひっし》でこらえなければならなかった。

しかもだ。子どもには、これまたおそろしくきたない父親が付《つ》きそっていた。こちらは髪《かみ》を二つにわけていて、がりがりに痩《や》せた貧相《ひんそう》な顔があらわとなっている。見ているだけでゆううつになるような、なんとも言えない顔なのだ。

おののいている久蔵《きゅうぞう》に、青兵衛《あおべえ》が二人を紹介《しょうかい》してくれた。

「こちら、貧乏神《びんぼうがみ》の災造《さいぞう》さま、その御子《みこ》の辛坊《しんぼう》さまでございやす。久蔵殿《きゅうぞうどの》には辛坊《しんぼう》さまのお世話をしていただきやす」

「び、貧乏神《びんぼうがみ》……」

なるほど。納得《なっとく》である。

「まさか貧乏神《びんぼうがみ》に家族がいるとは思わなかった……お仲間《なかま》ってたくさんいるのかい？」

にっと、父親の災造《さいぞう》のほうが笑《わら》った。しゃれこうべのような笑顔《えがお》だった。

「そりゃもう。たくさん、たくさんおりますとも。あたしらはみんな子沢山《こだくさん》なもので」

「道理で金持ちが少ないわけだよ。……それで？　世話をするって、いつまでだい？」

「さて、それがわからぬのですよ」

災造《さいぞう》は肩《かた》をすくめてみせた。

「わからぬって、どうして？」

「これから大事な会合に行かなきゃならないんですが、それがいつ終わるのか、わからないものでして。運が良《よ》ければ一日ですむんですが、下手《へた》すると数《すう》ヶ月《かげつ》かかることもある」

「……それじゃ、おたくの子を数《すう》ヶ月《かげつ》預《あず》かることもありうると？」

「さようで。いやあ、助かります。なにしろ、うちの子を預《あず》かってくれるところが、なかなか見つからないもので。ほんと、ありがたいですよ」

にっと、また貧乏神《びんぼうがみ》が笑《わら》った。

「それじゃ、よろしくお頼《たの》み申します」

久蔵《きゅうぞう》がはっと我《われ》に返ったときには、災造《さいぞう》と青兵衛《あおべえ》はいなくなっていた。だが、貧乏神《びんぼうがみ》の子どもはしっかりと残《のこ》っていた。

「夢《ゆめ》じゃ、なかったか……あの乳母《うば》め。貧乏神《びんぼうがみ》の子とはやってくれるじゃないか」

これほどの嫌《いや》がらせはない。おほほと高笑《たかわら》いする萩乃《はぎの》の顔が目にうかび、むかむかした。

「おれがすぐに音をあげると思ってやがるね。上等じゃないか。こうなったらきっちり世話をしてみせるよ。どこぞの子狸《こだぬき》なんか目じゃないって、見せつけてやる！」

気合をこめて立ちあがったあと、久蔵《きゅうぞう》は貧乏神《びんぼうがみ》の子に話しかけた。

「さてと、えっと、辛坊《しんぼう》だったね。おれは久蔵《きゅうぞう》って言うんだよ。おとっつぁんが迎《むか》えに来るまで、おれとなかよくやっていこうじゃないか。な？　と、とにかく、まずは体を洗《あら》おう。ね？　いいね？　体を洗《あら》うよ？」

「……風呂《ふろ》？」

「そうだよ。風呂《ふろ》はきらいなのかもしれないけど、ここはがまんしておくれ。ね？　がまんできるだろ？　あ、そうだ。いい子にしてくれたら、飴《あめ》をあげるから」

飴《あめ》と聞いて、辛坊《しんぼう》は心が動いたようだ。小さくうなずいた。

よしとばかりに、久蔵《きゅうぞう》は動きだした。

幸い、ここの庭には小さな池がある。その水を使って、汚《よご》れを落とすつもりだった。いまは夏だし、風邪《かぜ》をひくこともないだろう。とにかく、早くきれいにしてやらなければ。

その一心で、久蔵《きゅうぞう》は母屋《おもや》から大きなたらいを持ちだし、辛坊《しんぼう》を庭へと連《つ》れだした。池の水をたらいにくみあげながら、ぼろを脱《ぬ》いでおくように言った。辛坊《しんぼう》はおとなしく従《したが》った。

裸《はだか》の子どもを見たとたん、久蔵《きゅうぞう》はため息が出た。

黒い。あまりに黒く汚《よご》れているせいで、闇《やみ》に溶《と》けこんで、見えなくなってしまいそうだ。

まずはこわがらせないよう、水で濡《ぬ》らした手ぬぐいを使うことにした。

「それじゃ、体をこすっていくからね。痛《いた》かったら痛《いた》いって言っておくれよ」

「……うん」

辛坊《しんぼう》の悪臭《あくしゅう》にひるみながらも、久蔵《きゅうぞう》は子どもの体を濡《ぬ》らした手ぬぐいでこすりはじめた。

手ぬぐいがみるみる黒くなっていく。たらいの水もだ。

ありったけの手ぬぐいを使い、じゃんじゃん水を取りかえ、ようやくそれなりにきれいになってきた。

が、髪《かみ》のほうはもつれがひどく、手に負えなかった。髪《かみ》の束《たば》がかちかちにかたまってしまっていて、どうにもならない。

「しかたないね。……ね、辛坊《しんぼう》。悪いんだけど、髪《かみ》を切らせてもらえるかい？　このままじゃ、おまえさんがどんな顔をしているのかもわからないからね。それに、こんなに髪《かみ》がかかっていたら、目が悪くなっちまう。……いいかい？」

しぶしぶという感じで、子どもはう

なずいた。

子どもの気が変《か》わらぬうちにと、久蔵《きゅうぞう》は急いで盆栽棚《ぼんさいだな》に置《お》いてあったはさみをつかんだ。木の枝《えだ》を切り落とすはさみだ。かちかちになった髪《かみ》を切るにはもってこいだ。

ばちっ！　ばちん！

大きな音を立てて、髪《かみ》の束《たば》が地面に落ちだした。松《まつ》ぼっくりのようだった頭が、次第《しだい》に短く刈《か》りこまれていく。さいごにはいが栗《ぐり》のようになった。

ここでようやく久蔵《きゅうぞう》は手をとめて、しげしげと子どもをながめた。ずいぶんさっぱりしたものだ。目立つ汚《よご》れは落としたし、臭《にお》いもだいぶとれた。とりあえずはこれでいいだろう。

体をふいてやり、もう一度部屋に入れた。ごほうびの飴玉《あめだま》を口に入れてやったあと、久《きゅう》蔵《ぞう》は言った。

「いま着替《きが》えを取ってくるよ。うちのおっかさん、おれの小さいときの着物をぜんぶ取っているからさ。ちょうどいいのがあるはずだから、ちょっと待っておいで」

そうして、久蔵《きゅうぞう》は母屋《おもや》の母の部屋へと忍《しの》びこみ、母のたんすから適当《てきとう》に夏物を取りだしてから、離《はな》れにとって返した。

辛坊《しんぼう》はちゃんと待っていた。きれいになったとは言え、裸《はだか》の体は骨《ほね》がくっきりとうかびあがっていて、見ているだけで痛々《いたいた》しい。

だが、それだけではない。その子がいるだけで、どんよりと、部屋中が暗く湿《しめ》って見えるのだ。

それは着物を着せても同じだった。

古いとは言え、ちゃんと手入れされた着物。そもそも、布地《ぬのじ》自体が上物だというのに。さっきのぼろをまとっていたときと、あまり変《か》わらなく見えるのは、いったいなぜだろう。とにもかくにもみすぼらしくて、久蔵《きゅうぞう》は頭をかきむしった。さすがは貧乏神《びんぼうがみ》。簡単《かんたん》にはいかぬということか。

「くそ……とにかく、おまえさんは痩《や》せすぎだ。きっと、それがいけないんだよ。そのがりがりの手足を見てると、こっちがぞっとしちまう。ええい、もう！　こうなったら、目いっぱい食わせて、太らせてやるからね。覚悟《かくご》しな、貧乏神《びんぼうがみ》！」

久蔵《きゅうぞう》はとりあえずとばかりに、戸棚《とだな》にしまってある菓子《かし》をぜんぶ出した。

まんじゅう、かりん糖《とう》、金平糖《こんぺいとう》、あられ、いり豆。

「さ、お食べ。遠慮《えんりょ》はいらない。どんどんお食べ」

辛坊《しんぼう》は痩《や》せた顔にかすかな笑《え》みをうかべ、菓子《かし》をぽそりぽそりと食べはじめた。勢《いきお》いはない。だが、次々とたいらげていく。いくらでも腹《はら》に入っていくようだ。

やれやれと、久蔵《きゅうぞう》は床《ゆか》に座《すわ》り、壁《かべ》によりかかった。一気に疲《つか》れがのしかかってきた。この半刻《とき》あまりで、十くらい歳《とし》をとってしまった気分だ。

この子の寝床《ねどこ》はどこにしてやろう？

そんなことを考えているうちに、いつの間にか寝入《ねい》ってしまった。

目覚《めざ》めたときには、朝になっていた。がっつり眠《ねむ》りこんでしまったのかと、久蔵《きゅうぞう》は頭をかきながら部屋の中を見回した。

とたん、ぎょっとした。

いない。貧乏神《びんぼうがみ》の子がいないのだ。

どこかに逃《に》げたのか。それとも退屈《たいくつ》になって、遊びに出かけてしまったのか。

「まずい。こりゃまずいよ。お、おい、辛坊《しんぼう》！　辛坊《しんぼう》ったら！」

おろおろしながら、外に探《さが》しにいこうとしたときだ。

小さな返事があった。

「ここ……」

「し、辛坊《しんぼう》？　いるのかい？　ど、どこだい？」

「ここ」

声を頼《たよ》りに、久蔵《きゅうぞう》は押入《おしい》れの戸を開いた。

はたして、貧乏神《びんぼうがみ》の子はそこにいた。膝《ひざ》をかかえて、小さな隙間《すきま》に座《すわ》りこんでいる。そのすがたはなんともしっくりしていた。ずっと前からこの押入《おしい》れに住んでいたような感じだ。

ほっとしながら、久蔵《きゅうぞう》はゆっくりと話しかけた。

「そこにいたのかい。……そこが気に入ったのかい？」

「うん」

「そうかい。……それじゃ、そこは辛坊《しんぼう》の部屋にしてやろうかね。それにしても……あんまり変《か》わっちゃいないねぇ」

明るい中で見ると、貧乏神《びんぼうがみ》の子はますますみすぼらしく見えた。こぎれいになり、こぎれいな着物を着ているはずなのに、なんなのだろうか、これは。

首をひねる久蔵《きゅうぞう》に、辛坊《しんぼう》がそっとささやきかけた。

「おなか、へった……」

「え？　あ、そうなのかい？　わかった。それじゃ、今度はちゃんとした飯《めし》を持ってきてやるからね。そこに入って、待っておくれ。おれ以外《いがい》のだれかが入ってきても、出てきちゃだめだよ。いいね？」

「うん」

辛坊《しんぼう》は自分で押入《おしい》れの戸を閉《し》めた。

久蔵《きゅうぞう》は少しほっとした。どうやら辛坊《しんぼう》は暴《あば》れん坊《ぼう》ではないらしい。それだけでもずいぶん助かるというものだ。そこら中を走りまわり、大声で笑《わら》ったり泣《な》いたりするようなやんちゃ坊主《ぼうず》だったら、この何倍も大変《たいへん》だったにちがいない。

「ちょっとは運がいいってことかねぇ」

そんなことをつぶやきながら、久蔵《きゅうぞう》は母屋《おもや》に向かうため、離《はな》れを出た。

と、庭のほうがなにやら騒《さわ》がしい。父と下男下女が集まって、なにやらしゃべっている。

「あそこは……昨日《きのう》、おれが辛坊《しんぼう》を洗《あら》ったところじゃないか？　なにかあったのかね？」

心配になり、久蔵《きゅうぞう》はなに食わぬ顔をして近づいていった。

「おはよう、おとっつぁん。伊太郎《いたろう》さんもおたねさんも、朝早くからご苦労《くろう》さん」

「あ、こりゃ若旦那《わかだんな》。おはようさんで」

「久蔵《きゅうぞう》。おまえがこんな早起きするなんて、めずらしいねぇ」

「なに。がやがやしてるから、目が覚《さ》めちゃって。ところで、どうしたんです、おとっつあん？　なにを騒《さわ》いでるんです？」

「うん、それがねぇ」

久蔵《きゅうぞう》の父、辰衛門《たつえもん》はいやそうに顔をしかめ、池のそばを指さした。

「どうやら、たちの悪い獣《けもの》が忍《しの》びこんで、悪さをしていったようなんだよ」

「獣《けもの》？　悪さ？」

「そうだよ。ごらん。池の水が真っ黒になってるだろう？　それにほら、あっちこっちに汚《よご》れが飛《と》んでいる。きっと水浴《みずあ》びをした獣《けもの》が、きたない水気を飛《と》ばしたにちがいないよ。おまけに、あたしの盆栽《ぼんさい》用のはさみにまでいたずらしていったらしい。こっちもべたべたの汚《よご》れがついて、とれないったらありゃしない」

「…………」

「旦那《だんな》さん、なんか、いっぱい黒いもんが落ちてるんですが……うわ、臭《くさ》い！」

「おおかた、獣《けもの》の糞《ふん》だろうよ。あとで一つに集めて、埋《う》めておしまい」

「おお、いやだ！　こんなにたくさん残《のこ》していくなんて。なんてやな獣《けもの》でしょうねぇ」

それは辛坊《しんぼう》の髪《かみ》ですと、久蔵《きゅうぞう》は心の中であやまりながら、おおいに反省《はんせい》した。こんなことなら、ちゃんと片《かた》づけておくのだった。だが、本当のことを話すわけにもいかない。しらばっくれるしかなかった。

「ほんと、こりゃひどいですね。とんでもないやつがいたもんだ。……えっと、おとっつぁん。おれはちょいとはずしますよ。朝からこの臭《にお》いじゃ、たまったもんじゃない。気持ちが悪くなっちまう」

そうして久蔵《きゅうぞう》は母屋《おもや》へと逃《に》げていった。そこでは下働《したばたら》きのおつるがせっせと朝飯《あさめし》を作っていた。

「おはよう、おつるさん。今日《きょう》もきれいだねぇ」

「あら、若旦那《わかだんな》。朝のうちにこっちに来るなんて、おめずらしいじゃないですか」

「ま、早起きは三文の得《とく》って言うしね。ところで、おれの分はもうできてる？　できてるなら、今日《きょう》はおれが自分で離《はな》れに運ぶよ」

「おや、それは助かりますよ」

おつるは朝飯《あさめし》がのった膳《ぜん》と小さなおひつを、久蔵《きゅうぞう》に渡《わた》してくれた。それを持って、久蔵《きゅうぞう》は離《はな》れにもどった。障子《しょうじ》をぴしゃりと閉《と》じたあと、押入《おしい》れに声をかけた。

「ほら、飯《めし》だよ。出といで」

辛坊《しんぼう》はすぐに出てきて、もそもそと飯《めし》を食べはじめた。がっつきはしないが、いくらでも胃袋《いぶくろ》に入るようで、おひつが空になるまでは箸《はし》を止めるつもりはないようだ。

一方の久蔵《きゅうぞう》は食欲《しょくよく》がわかず、漬物《つけもの》を少しつまんだくらいで、すぐにやめてしまった。

「貧乏神《びんぼうがみ》の子と聞いたときは、どうしようかと思ったけど……きたないところと陰気《いんき》なところをのぞけば、他の子どもとそう変《か》わらないみたいだしね。これは案外《あんがい》、簡単《かんたん》にこなせそうだ」

だが……。

その日の正午になる前に、久蔵《きゅうぞう》は弥助《やすけ》たちのところに助けを求《もと》めにいくはめとなった。

青い顔をして駆《か》けこんできた久蔵《きゅうぞう》に、弥助《やすけ》はいじわるく笑《わら》いかけた。

「よう、久蔵《きゅうぞう》。聞いたよ。貧乏神《びんぼうがみ》の子を預《あず》かったんだって?」

「おまえ、なんで知ってるんだい?」

「玉雪《たまゆき》さんから聞いた。試練《しれん》のこと、妖怪《ようかい》の間ではだいぶ広まってるらしいよ。……こっちに来たってことは、さっそく音をあげたのかよ。だらしないなぁ」

「おだまり、小僧《こぞう》。断言《だんげん》できるけど、おまえが預《あず》かったどの妖怪《ようかい》の子よりも、おれがいま預《あず》かってる子どものほうがやっかいなんだよ」

だから助けてほしいと、久蔵《きゅうぞう》は言った。

「飯《めし》が足りないんだ」

「……なんだい、それ？」

「あの子、あればあるだけ飯《めし》を食うんだよ。もっと食いたい食いたいって、まるで底《そこ》なしだ。いまの調子で食いつづけられたら、おれの小遣《こづか》いがふっとんじまうよ」

「別《べつ》にいいじゃないか。どうせ親からもらった小遣《こづか》いなんだから。おれなんか、お駄賃《だちん》をもらったことはあるけど、小遣《こづか》いなんか、一度ももらったことないぞ」

胸《むね》をはって言う弥助《やすけ》に、すぐさま千弥《せんや》が反応《はんのう》した。

「弥助《やすけ》！　小遣《こづか》いがほしかったのかい？　なんですぐにわたしに言わないんだい？」

「いや、あのね、千にい。おれは別《べつ》にほしいだなんて言ってないから」

「本当かい？　いまからでも小遣《こづか》い、あげるよ？　いくらほしいんだい？」

「いらないって。おれは久蔵《きゅうぞう》とちがって、ただでお金をもらうのはやなんだ」

「弥助《やすけ》！　おまえって子はなんてりっぱなんだい！」

感激《かんげき》したようにさけぶ千弥《せんや》に、久蔵《きゅうぞう》がおそるおそる言った。

「あのぅ、千さん。いまはそういう話をしてるんじゃないんだけどねぇ」

「久蔵《きゅうぞう》さんこそ、弥助《やすけ》の爪《つめ》の垢《あか》でも煎《せん》じてお飲みなさい。弥助《やすけ》にくらべて、我《わ》が身を恥《は》ずかしいと思わないんですか？」

「ばか言うもんじゃないよ、千さん。いちいちそんなこと気にしていたら、ばか息子《むすこ》なんてやってられるもんか。そんなことより、どうにかならないかい？　貧乏神《びんぼうがみ》の胃袋《いぶくろ》を満《み》たせる食べ物かなにか、知っていたら教えておくれよ。ねえねえ、頼《たの》むからさぁ」

「うるさいなあ、もう！　ああ、わかったよ。それじゃ、妖怪《ようかい》たちに今夜聞いてみる。なにか知ってるかもしれないから」

「そうしてくれると助かるよ。礼を言うよ」

「べ、別《べつ》におまえのためなんかじゃないぞ。その貧乏神《びんぼうがみ》の子のためだからな」

弥助《やすけ》はそっぽを向いた。天敵《てんてき》に礼を言われるなど、どうも調子が狂《くる》っていけない。

その夜、長屋にやってきた玉雪《たまゆき》に、弥助《やすけ》はさっそく尋《たず》ねた。

「腹《はら》をすかせた貧乏神《びんぼうがみ》って、どうやったら満腹《まんぷく》にできるのかな？」

「ああ、久蔵《きゅうぞう》さんのところにいる子どものことですね」

さてと、玉雪《たまゆき》は首をかしげた。

「あのぅ、あたくしもあまりくわしくは知らないのですが……ただ、こんなことを聞いたことがあります。あのぅ、貧乏神《びんぼうがみ》に憑《つ》かれたり、好《す》かれたりする人は、怠《なま》け者《もの》でだらしない人が多いそうです」

「へえ、それじゃ久蔵《きゅうぞう》は貧乏神《びんぼうがみ》にとびきり好《す》かれるやつだな。怠《なま》け者《もの》でだらしないなんて、まさに久蔵《きゅうぞう》のことじゃないか。いままで取《と》り憑《つ》かれなかったのが不思議《ふしぎ》なくらいだね」

「あのぅ……」

「あ、ごめん。話の腰《こし》を折《お》っちまったね。つづけてよ」

「あい。もし、貧乏神《びんぼうがみ》を追いはらいたかったら、あのぅ、とにかく文句《もんく》を言わず働《はたら》くしかないのだとか。そうやってがんばっていると、貧乏神《びんぼうがみ》は満足《まんぞく》して、その人からはなれるんだそうです。ですから、久蔵《きゅうぞう》さんが自分でがんばって、あのぅ、ごはんを作ったりすれば、もしかしたら貧乏神《びんぼうがみ》の子も満足《まんぞく》するんじゃありませんか?」

弥助《やすけ》は目をみはった。

「つまり、久蔵《きゅうぞう》がこしらえた飯《めし》なら、貧乏神《びんぼうがみ》を満腹《まんぷく》にできるかもしれないってこと?」

「あい。もしかしたらですけど」

「久蔵《きゅうぞう》が飯《めし》を作るところなんて、ぜんぜん思いうかばないな。……あいつ、そういうことできんのかな？　それに、文句《もんく》を言わず働《はたら》く？　あいつの一番苦手なことじゃないか」

教えてやっても、まず久蔵《きゅうぞう》はやろうとはしないだろう。

だが、約束《やくそく》は約束《やくそく》だと、翌朝《よくあさ》、弥助《やすけ》は久蔵《きゅうぞう》に知らせにいってやった。久蔵《きゅうぞう》が言っていたとおり、辰衛門宅《たつえもんたく》の裏手《うらて》の木戸は開いていた。そこから入り、離《はな》れへと向かった。

「おい、久蔵《きゅうぞう》。いるのかい？」

声をかけると、すぐに久蔵《きゅうぞう》が顔を出した。

弥助《やすけ》はびっくりした。昨日《きのう》よりもさらにやつれた顔をしている。人好《ひとず》きのする顔立ちがげっそりして貧相《ひんそう》になり、なんとなくきたならしいのだ。

「弥助《やすけ》！　よく来てくれたね！　なにかわかったのかい？」

「う、うん。まあね」

「そうかいそうかい。それを待ってたんだ。ほら、あがって。おあがりよ」

離《はな》れの中は、これまた妙《みょう》に薄暗《うすぐら》く、じめじめとした感じだった。弥助《やすけ》たちの住まいである貧乏《びんぼう》長屋よりもひどい雰囲気《ふんいき》だ。なんとなくかび臭《くさ》ささえただよっている。

弥助《やすけ》はぞくっとした。これが貧乏神《びんぼうがみ》がいるということなのか。ぐずぐずしていたら、自分もここにただよう空気に毒《どく》されてしまいそうだ。

弥助《やすけ》は早口でわかったことを話した。

「それじゃなにかい？　おれがなにかこしらえて、それを食べさせれば、辛坊《しんぼう》は腹《はら》がふくれると？」

「そうじゃないかって玉雪《たまゆき》さんは言ってた。たしかなことじゃないけど、ためしてみる価《か》値《ち》はあると思うよ」

「わかった。やってみるよ」

「………」

「……なんだい、その顔は？」

「いや、おどろいたもんだから。久蔵《きゅうぞう》にそんなやる気があるなんて、思わなかった」

久蔵《きゅうぞう》は顔をゆがめた。

「がりがりに痩《や》せた子どもに、ひもじそうな顔でずっとそばにいられてごらんよ。おまえだって、なんだってしてやりたくなるって。だけど、なにを作ってやったらいいかねえ？」

「とりあえず飯《めし》を炊《た》いて、にぎり飯《めし》でもにぎってやれば？　貧乏神《びんぼうがみ》一族はみそが好物《こうぶつ》らしいから、にぎり飯《めし》に少し塗《ぬ》って、七輪《しちりん》であぶって焼《や》きにぎりにしてやれば、よろこぶかもよ」

「みその焼《や》きにぎりか。うまそうだね。それならおれでもやれるかな。……うん。それにしてみるよ。ありがとよ、弥助《やすけ》」

「う、うん」

やっぱり久蔵《きゅうぞう》に礼を言われるのは気持ちが悪い。

鳥肌《とりはだ》を立てながら、弥助《やすけ》は退散《たいさん》した。

弥助《やすけ》が去ったあと、久蔵《きゅうぞう》は閉《と》じた押入《おしい》れに目を向けた。

「待ってなよ、辛坊《しんぼう》。いま、とびきりの焼《や》きにぎりを作ってきてやるからね」

久蔵《きゅうぞう》は母屋《おもや》のほうに行った。

台所にはちょうど下働《したばたら》きのおつるがいた。久蔵《きゅうぞう》を見るなり、おつるは目を丸くした。

「若旦那《わかだんな》、だいじょうぶですか？　ひどい顔色をしてますよ？」

「だいじょうぶ。いつもと変《か》わらず、ぴんぴんしてるよ。それより、おつるさん、おれに米の炊《た》き方を教えてくれないかい？」

「わ、若旦那《わかだんな》が！　米を炊《た》くんですか？」

「そう。ついでに、焼《や》きにぎりを作りたいんだよ。みそを塗《ぬ》ったやつね。ねえ、頼《たの》むよ。おれのちょいとした気晴らしにつきあうと思ってさ」

「い、いいですけど……本気ですか？」

「本気も本気。大まじめで言ってるんだよ。頼《たの》むよ、おつる先生」

「……ほんと熱《ねつ》でもあるんじゃないですかねぇ」

だいじょうぶかしらとつぶやきながらも、おつるは教えてくれた。

米をとぐのも、かまどに火を入れて竹筒《たけづつ》で息を吹《ふ》きこむのも、なにもかも久蔵《きゅうぞう》には初《はじ》めてのことだった。とはいえ、もともと器用《きよう》な男のこと。すぐにこつはおぼえた。

だが、炊《た》きたての飯《めし》をにぎるのは、なかなか大変《たいへん》だった。

「あちちちっ！　おつるさん！　こんな熱々《あつあつ》の飯《めし》をにぎるなんて無理《むり》だよ！」

「ほらほら、そんなじっくり手の中でにぎるから熱《あつ》いんです。ちゃちゃっと、転がすようににぎれば、そんな熱《あつ》くないですよ。よく見ててください」

「……へえ、器用《きよう》なもんだねぇ。にぎり飯《めし》って、こうやって作られていたのか」

「ほら、見たらやってみる。ぐずぐずしない！」

「わ、わかったよ。おつるさんって、意外ときびしいとこあるねぇ。あっちちち！」

四苦八苦しながらも、久蔵《きゅうぞう》はなんとかにぎり飯《めし》をこしらえた。形は悪いし、大きさもばらばらだが、とにかく初《はじ》めて自分の手で作ったものだ。

「このおれが、にぎり飯《めし》を作るなんてねぇ」

感動しながら、久蔵《きゅうぞう》は酒を少しまぜたみそを塗《ぬ》りつけ、七輪《しちりん》の上ににぎり飯《めし》を置《お》いた。

ほどなく、香《こう》ばしい匂《にお》いがただよいだし、ようよう焼《や》きにぎりができあがった。

「おほほっ！　やったやった！　ありがと、おつるさん。おまえさんのおかげだよ」

おつるに礼を言い、久蔵《きゅうぞう》はできたての焼《や》きにぎりを持って、離《はな》れに走ってもどった。

離《はな》れで待っていた辛坊《しんぼう》に、さあっと、久蔵《きゅうぞう》は焼《や》きにぎりを差《さ》しだした。

「ほら、焼《や》きにぎりだよ。みそが塗《ぬ》ってある。おれが作ったんだ。食べてごらんよ」

辛坊《しんぼう》はすぐさま細い手をのばしてきた。大きな焼《や》きにぎりをぱくりとほおばったとたん、それまで無表情《むひょうじょう》だった顔が明るくなった。

「おいしい」

子どもの口からこぼれたつぶやきが、久蔵《きゅうぞう》の心にしみた。

ああ、いいものだなと思った。自分が作ったものをおいしそうに食べてくれる相手がいるというのは。

（……初音《はつね》ちゃんにも今度食わせてやりたいな）

あの子はいま、なにをしているだろう？　どんなふうに時を過《す》ごしているのだろう？

初音《はつね》はひたすら慕《した》ってくれているが、久蔵《きゅうぞう》にしてみれば、初音《はつね》は妹のようなものだった。好《す》いた惚《ほ》れたというより、大事にしたい、笑《わら》わせたいという思いのほうが強い。

だが、だからこそ今回のことには頭にきていた。

（百歩ゆずって、おれのことが気に入らないってのはしょうがないよ。だけど、あの子の気持ちを無視《むし》して、勝手に連《つ》れていっちまうなんて、そんなばかげたことがあるかい！こうなったら、なんとしてでも初音《はつね》ちゃんを自由の身にしてやらなきゃね。……それから先のことは、またじっくり考えればいいさ）

そんなことを考えていた久蔵《きゅうぞう》は、ここでふと我《われ》に返った。

辛坊《しんぼう》が食べるのをやめていた。皿の上には、まだ焼《や》きにぎりが残《のこ》っているのに。

「どうしたんだい？　もう食べないのかい？」

「うん。おなか、いっぱい」

「……」

久蔵《きゅうぞう》はまじまじと貧乏神《びんぼうがみ》の子を見返した。

この二日、辛坊《しんぼう》は久蔵《きゅうぞう》の五倍は食べている。なのに、決して満《み》たされず、くぼんだ腹《はら》がふくれることもなかった。それが、たかだか二つ、三つの焼《や》きにぎりで満腹《まんぷく》になるとは。

瘦《や》せているのは変《か》わらぬが、辛坊《しんぼう》はかすかな笑《え》みをうかべていた。子どもらしい、幸せそうな笑《え》みだ。

「それじゃ……もういいんだね？」

「うん。おいしかった」

「そうかいそうかい。……また作ってほしいかい？」

「うん」

「ようし。まかしときな。こうなったら、とことんつきあうよ。そうだ。おまえをまるまる太らせて、かわいい貧乏神《びんぼうがみ》にしてみせるからね」

これでもう安心だと、久蔵《きゅうぞう》は一息ついたのだった。

だが、それから二日後のことだ。

その日も、久蔵《きゅうぞう》はせっせと焼《や》きにぎりをこしらえていた。もはや米を炊《た》くのも、熱々《あつあつ》の飯《めし》をにぎるのもお手のものだ。辛坊《しんぼう》がおいしいと食べてくれるので、なおさら力が入る。

「しかし、焼《や》きにぎりばかりじゃ芸《げい》がないね。次はみそ汁《しる》の作り方でも習おうかな」

そんなことを考えながら、七輪《しちりん》の前でぱたぱたとうちわを動かしていたときだ。父親の辰衛門《たつえもん》が台所の横を通りすがった。青い顔をして、ただならぬ雰囲気《ふんいき》をまとっている。

久蔵《きゅうぞう》は思わず声をかけた。

「おとっつぁん。どうしなすったんです、そんな青い顔をして？」

「ん？　ああ、久蔵《きゅうぞう》かい。今日《きょう》も焼《や》きにぎり作りとは、精《せい》が出るね。……しかし、なんだかだらしない風体《ふうてい》だねえ。そんななりをしてたら、貧乏《びんぼう》くさく見られてしまうよ」

「……」

貧乏神《びんぼうがみ》といっしょにいると、どうしても見た目がみすぼらしくなるらしい。しゃれたかっこうをしても、風呂《ふろ》にしょっちゅう入っても、どうにもならないのだ。

だが、久蔵《きゅうぞう》は言い返した。

「おれのことはいまどうだっていいでしょ？　おとっつぁんこそ、なんて陰気《いんき》な顔をしてるんです。そんな顔してたら、おっかさんにあいそづかしされちまいますよ」

「……そうなるかもしれないね」

「……なに言ってるんです？」

辰衛門《たつえもん》は深い深いため息をついた。

「困《こま》ったことになっているんだよ。うちが持っている長屋から、どんどん店子《たなこ》が出ていっているんだ」

「店子《たなこ》が？」

「そう。まるで逃《に》げだすみたいな勢《いきお》いで、いっせいにだよ。もちろん、理由はそれぞれさ。新しい仕事が決まったとか、親戚《しんせき》のところに行くからだとか。……長く大家をやっているけど、こんなふうに一度に店子《たなこ》が出ていくなんて、初《はじ》めてだよ」

まるでだれかが店子《たなこ》たちを追いだしているみたいだと、辰衛門《たつえもん》は嘆《なげ》いた。

「とにかく、こんなことがつづいたら、うちはやっていけない。……久蔵《きゅうぞう》。もしものことがあるかもしれない。おまえも少し、覚悟《かくご》を決めておいておくれ」

肩《かた》を落として、辰衛門《たつえもん》は奥《おく》へと去っていった。

残《のこ》された久蔵《きゅうぞう》は真っ青になっていた。

店子《たなこ》たちが出ていき、辰衛門《たつえもん》の長屋が空になりつつあるだと？　きっと、貧乏神《びんぼうがみ》のせいだ。まさか、こんなところにも災《わざわ》いが出てくるとは。すぐになんとかしなければ。

久蔵《きゅうぞう》はうちわを放りだし、離《はな》れに駆《か》けもどった。

「辛坊《しんぼう》！　辛坊《しんぼう》、起きておくれ！」

「ん？　ごはん？」

「ちがうよ。悪いが、飯《めし》はあとだ。ここから出ていかなきゃならなくなったんだ。したくをするから、起きておくれ」

本当に家が傾《かたむ》いてしまう前に、貧乏神《びんぼうがみ》の子を連《つ》れだす。そうすれば、家のほうはなんとかなるはずだ。

とりあえず手元にあった金《かね》をすべてふところに入れ、久蔵《きゅうぞう》は辛坊《しんぼう》の手を引いて、裏手《うらて》から出た。

早足で歩く久蔵《きゅうぞう》に、辛坊《しんぼう》は逆《さか》らわなかった。だが、人気《ひとけ》のない橋にさしかかったところで、がまんできなくなったように小さく口を開いた。

「我《われ》を……捨《す》てるの？」

「捨《す》てる？　まさか。おまえさんを捨《す》てたりなんかしやしないよ」

「………」

「ごめんよ。こわがらせちまったね。ただ、あの家から出なきゃならなかっただけだよ。

……おれはさんざん親に迷惑《めいわく》をかけた身だからね。これ以上《いじょう》のあとしまつはさせられないんだよ」

心配するなと、久蔵《きゅうぞう》は明るく言った。

「しばらくはちょいと不自由《ふじゆう》させるかもしれないけどね。なに、いざとなったら、おれが物乞《ものご》いをしてでも、おまえさんを食わせてやるさ」

「……捨《す》てたりしない？」

「するもんか。いいかい？　おまえさんは大事な預《あず》かり子《ご》だ。おまえさんのおとっつぁんが迎《むか》えに来るまで、とことんつきあうから安心おし」

にっこりと、辛坊《しんぼう》が笑《わら》った。初《はじ》めての、満面《まんめん》の笑《え》みだった。

と、その顔がみるみるふっくらとしはじめた。同時に、着ていたお古の着物も、かがやくような白い衣《ころも》へと変《へん》じていく。

もはやそこにいるのは貧乏神《びんぼうがみ》の子ではなく、りっぱな身なりをしたかわいらしい男の子だった。ぽっちゃりとした丸顔は福々しく、にこにことしていて、とにかく幸せそうだ。

久蔵《きゅうぞう》があんぐりと口を開けていると、「迎《むか》えにまいりました」と、うしろで声がした。

ふりむき、久蔵《きゅうぞう》はまた絶句《ぜっく》した。そこにいたのは、これまた大黒さまの化身《けしん》かと思えるような、ふくよかな大男だったのだ。まとう衣《ころも》は紅《べに》と金。頭巾《ずきん》をかぶって、にこやかに笑《わら》っている。

その男に、辛坊《しんぼう》は笑顔《えがお》で飛《と》びついた。

「父さま！」

「よかったねぇ、辛坊《しんぼう》。おまえも福の神になれたのだね」

「はい」

しっかりと抱《だ》きあう二人に、久蔵《きゅうぞう》はめまいをおぼえながら声をかけた。

「ちょ、ちょぃとごめんよ。邪魔《じゃま》して悪いけど……と、父さまって……お、おたく、本当に貧乏神《びんぼうがみ》の災造《さいぞう》さん？」

「はい。貧乏神《びんぼうがみ》の災造《さいぞう》だったものですよ。このたび、神格《しんかく》が上がり、めでたく福の神になれましてな。改《あらた》めてよろしく、久蔵殿《きゅうぞうどの》」

「えっと、まあ、よろしく……貧乏神《びんぼうがみ》が福の神になれるたぁ、知らなかったよ」

「さよう。それを知る者はそう多くはありますまい」

にこりと、貧乏神《びんぼうがみ》だった福の神が笑《わら》った。

「我《われ》ら貧乏神《びんぼうがみ》は怠《なま》け者《もの》に取《と》り憑《つ》きます。ですが、その怠《なま》け者《もの》が改心《かいしん》し、貧《まず》しい日々から抜《ぬ》けだそうと努力《どりょく》すれば、徐々《じょじょ》に取《と》り憑《つ》いている我《われ》らの神格《しんかく》が上がっていく。そして、やがては福の神に転生し、それまでやっかいになっていた人間に福をもたらすというわけでして」

つまり、貧乏神《びんぼうがみ》による災《わざわ》いをはねのける努力《どりょく》と根性《こんじょう》があれば、いずれは福の神がやってくるというわけか。

なるほどと、久蔵《きゅうぞう》はうなずいた。

「で、おまえさんが福の神になったということは、取《と》り憑《つ》いていた人間が努力《どりょく》したってわけだね？」

「はい。ですが、父が福の神になれるというのに、子が貧乏神《びんぼうがみ》のままではかわいそうです。それで、我《わ》が子《こ》を福の神にしてくれる人間を探《さが》していたというわけでして。重ね重ね礼を言います。よほど心をこめて世話してくれたのでしょうな。そうでなければ、この短い間に、せがれが変《か》われるはずがない」

しみじみ言われ、久蔵《きゅうぞう》は首をかしげた。たしかに大変《たいへん》だったが、特別《とくべつ》なことをしたおぼえはない。体を洗《あら》い、飯《めし》を食わせ……。当たり前のことをしただけだ。

（もしかして、物乞《ものご》いをしてでも食わせてやるって、言ったのがよかったのか？）

と、辛坊《しんぼう》が久蔵《きゅうぞう》の袖《そで》を引っぱってきた。

「ん？　な、なんだい、辛坊《しんぼう》？」

「あのね、福の神になったら、新しい名前にならなきゃならないの。久蔵殿《きゅうぞうどの》、我《われ》に新しい名前をつけて。ねえ、いいでしょう？」

「ああ、それはいいですな。ぜひ、せがれの名付《なづ》け親《おや》になってくだされ」

「お願《ねが》い！」

福の神たちににこにこ顔でつめよられて、久蔵《きゅうぞう》はへっぴり腰《ごし》になりながらもうなずいた。

「わかった。わかったよ。それじゃ……福丸《ふくまる》ってのはどうだい？」

「福丸《ふくまる》？」

「そう。福の神にとっちゃ、なんのひねりもない名かもしれないけどさ。……おれが小さいときに、そう呼《よ》ばれていたんだよ。親父《おやじ》とおふくろがね、おまえはうちに福をもたらしてくれた、小さな福の神さまだって。ほんと、親ばかだよねぇ」

父神がそれはやさしい笑《え》みをうかべた。

「子を愛《いと》しく思う親はみな、程度《ていど》はちがえど親ばかなのですよ。……良《よ》い名です。ありがたくいただきましょう。せがれや、おまえもそう思うだろう？」

「はい！　我《われ》はこれから福丸《ふくまる》と名乗ります。ありがとう、久蔵殿《きゅうぞうどの》！」

小さな福の神はそう言って、久蔵《きゅうぞう》にぎゅっと抱《だ》きついたのだ。

「で、福の神親子はうれしそうに帰っていき、おれはめでたく第一の試練《しれん》をこなしたってわけさ。どうだい？　すごいだろう？　おとぎばなしになりそうな、いい話だろう？」

ふんぞり返って話す久蔵《きゅうぞう》に、弥助《やすけ》は冷《さ》めた目を投げかけた。

「そんなことより、おまえのおとっつぁんの長屋はどうなったんだよ？」

「あ、だいじょうぶ。貧乏神《びんぼうがみ》がいなくなったとたん、空いた長屋に住みたいって連中《れんちゅう》が押《お》しよせてきてさ。結局、前より店子《たなこ》が増《ふ》えて、うちのおとっつぁんもほくほくしてる」

「そりゃよかった。でも、まだ久蔵《きゅうぞう》って名前のでっかい疫病神《やくびょうがみ》が居残《いのこ》っているからなぁ。気《き》の毒《どく》だよなぁ」

「このがきゃ！　減《へ》らず口《ぐち》を！　せっかく幸運をわけに来てやったってのに」

「幸運？」

そうだと、久蔵《きゅうぞう》はうなずいた。

「あれからちょいちょい幸運に恵《めぐ》まれてね。こりゃ福丸《ふくまる》たちがご利益《りやく》を残《のこ》してってくれたせいじゃないかと、昨日《きのう》ためしに博打《ばくち》をしにいったんだよ。そしたら思ったとおり、たんまり稼《かせ》げたよ。だから、お礼参《まい》りもかねて、ここに来たってわけさ」

どさりと、久蔵《きゅうぞう》はうしろに置《お》いていた大きな風呂敷包《ふろしきづつ》みを、弥助《やすけ》の前に投げた。

「ほら。礼だ。受け取っておくれ」

「別《べつ》に礼なんかいらないよ」

「いいから。こういうときは素直《すなお》に受け取るのが礼儀《れいぎ》ってもんだよ」

しぶしぶ弥助《やすけ》は風呂敷包《ふろしきづつ》みを開いた。

「……なにこれ？」

「おれが作った焼《や》きにぎり」

「……多すぎだろ、いくらなんでも。何個《こ》あるんだよ」

「さて、四十までは数えていたんだけどね。ま、いいじゃないか。みそをつけてあぶってあるから、日持ちするし。どうせ、妖怪《ようかい》たちがここに来たりするんだろう？　そいつらと食っておくれ。おれからの差《さ》し入《い》れだ」

「……わかった。……ありがと」

「そうそう。そうやって素直《すなお》でいりゃ、おまえもかわいいよ」

「お言葉ですが、弥助《やすけ》は素直《すなお》でなくてもかわいいですよ」

「……また千さんはそうやってこいつをあまやかすんだから」

やれやれと笑《わら》ったあと、久蔵《きゅうぞう》は立ちあがった。

「さてと。お乳母《うば》さんが次の試練《しれん》を思いつくまで、まだ少し時間があるだろう。それまでは、こっちもひと休みだ。福丸《ふくまる》たちが残《のこ》していってくれた運がつきるまで、羽をのばさせてもらうつもりさ。ってことで、千さん、今夜はひさしぶりにおれと飲みにいこう」

「おまえ！　それが目的か！」

「ははん。がきはおとなしく家にいて、焼《や》きにぎりをありがたく食ってなさい」

こいつに与《あた》えられた福が、早くつきてくれますように。

久蔵《きゅうぞう》の足に嚙《か》みつきながら、弥助《やすけ》は心から思った。

8　蜘蛛夜叉《くもやしゃ》

貧乏神《びんぼうがみ》の子が去ってから数日後、しとしとと夏の雨がふる中、ふたたび蛙《かえる》の青兵衛《あおべえ》が久蔵《きゅうぞう》のもとを訪《たず》ねてきた。

「お晩《ばん》でございやす」

「よう、青兵衛《あおべえ》さんか。おまえさんがおいでなすったってことは、いよいよ次のお題が決まったというわけだね？　次はどんな子なんだい？　まさか死神の子、なんてことはないだろうね？」

「あ、そりゃ心配いりやせん。死神の君はまだ独《ひと》り身《み》でございやすから。なかなかこれぞというお相手が見つからないそうで。おっと、いけない。話をもとへもどしやしょう」

「そうだね。ともかく、おあがりよ」

「お邪魔《じゃま》いたしやす」

座敷《ざしき》にあがった青兵衛《あおべえ》に、久蔵《きゅうぞう》はすかさず焼《や》きにぎりをすすめた。

「焼《や》きにぎり、どうだい？　おれが作ったんだ。うぬぼれるわけじゃないけど、うまいよ」

「へ、へぇ。それじゃ、遠慮《えんりょ》なくいただきやす。ほう、こりゃ本当においしい」

「そう言ってくれるとうれしいね。じゃ、食べながら話しとくれ。お乳母《うば》さんはなんて？」

「へい。明日の夜、次の子どもを送りとどける。こたびは三日間、子どもを預《あず》かるようにと」

「……預《あず》かる子はどこのだれなんだい？」

「それはまだ。手前にも知らされてないんでございやす」

それからと、青兵衛《あおべえ》は言いにくそうに付《つ》け足《た》した。

「こたびはさいしょに子どもの重さをはかっておく。ひきとる際《さい》、子どもの重さがちょっとでもへっていたら、覚悟《かくご》せよとのことでございやす」

「やれやれ。いくらでも飯《めし》を食う子の次は、飯《めし》を食いたがらない子をよこすつもりかな？　また食い物のことで頭を悩《なや》ますことになるのかねぇ。ま、だいじょうぶだろうよ。いまのおれには、おつるさん直伝《じきでん》のにぎりの技《わざ》があるからね。それに、三日くらいならどうってことない。どうとでもしのげるさ」

なんと言っても、期日が決まっているというのはありがたかった。迎《むか》えはいつだと、やきもきする必要《ひつよう》がない。やってくるのは夜だろうから、明日の朝一番に菓子屋《かしや》に行って、子どもが好《す》きそうなあまいものをたっぷり買ってくるとしようか。

あれこれ考える久蔵《きゅうぞう》に、青兵衛《あおべえ》がそっと声をかけた。

「あのぅ……」

「あ？　ああ、ごめんよ。ちょいと考えこんじまって。すまなかったね。うん。お乳母《うば》さんからの伝言《でんごん》、たしかに受け取った。ありがと。ご苦労《くろう》さんだったねぇ」

「いえ、じつは、今宵《こよい》はもう一つ、御用《ごよう》をうけたまわっておりやして」

「御用《ごよう》？」

こくりとうなずき、青兵衛《あおべえ》はうしろに置《お》いていた風呂敷包《ふろしきづつ》みを前に差《さ》しだした。なにが入っているのか、かなり重そうだ。

「なんだい、それ？」

「これは姫《ひめ》さまから久蔵殿《きゅうぞうどの》へ」

「初音《はつね》ちゃんから？……あの子、元気にしてるのかい？」

「へい。ときどき、目を赤く腫《は》らしてることもございやすが、しっかりとしておいでで」

「……そうかい。待たせてすまないと伝《つた》えておくれ」

「へい。まま、とにかく包《つつ》みを解《と》いてくださいやし。姫《ひめ》さまががんばってこしらえたんでございやすよ」

言われるままに、久蔵《きゅうぞう》は包《つつ》みを解《と》いた。

出てきたのは、二段《だん》の重箱だった。黒漆《くろうるし》の上に金と銀の鶴《つる》の蒔絵《まきえ》がほどこされた、それはそれはりっぱなものだ。

だが……。

中に入っていたのは、得体《えたい》の知れない色と臭《にお》いをはなつものだった。

「……な、なんだい、これ？」

「姫《ひめ》さまがこしらえた弁当《べんとう》でございやす」

「……く、食い物だったのか、これ」

ひきつりながら、久蔵《きゅうぞう》は重箱をのぞきこんだ。

見れば見るほど、食べ物という感じがしなかった。なにしろ、もとの食材《しょくざい》がなんなのか、言い当てることもできないのだ。とにかく、ぎとぎと、べたべたと、光っている。なんなのだろう、この紫《むらさき》の塊《かたまり》は？　炭《すみ》のように焦《こ》げているものもあるが、はたして食べられるのだろうか？

久蔵《きゅうぞう》はそれでも冗談《じょうだん》めかして言った。

「あ、あの子が料理《りょうり》とは泣《な》かせるねぇ。ちょいと、包丁《ほうちょう》さばきは荒《あら》いようだけど。この白っぽいやつなんて、あの子の指かと思ったよ」

「あ、入っているかもしれやせん」

「………」

「姫《ひめ》さまは、そのぅ、これまで刃物《はもの》を持ったことがなかったんで」

「切ったのかい、指を？」

「そりゃもう、ずばずばと。あんまりしょっちゅう切るものだから、いまでは手前の女房《にょうぼう》が軟膏《なんこう》を持って、すぐうしろで控《ひか》えているんでございやすよ」

「………」

かたまっている久蔵《きゅうぞう》に、ぎょろりと、青兵衛《あおべえ》は大きな目を向けた。

「食べないんでございやすか？」

「い、いや、うん、食べるよ。食べるともさ」

久蔵《きゅうぞう》は気合を入れ、野菜《やさい》の煮物《にもの》らしきものをつまみあげた。

目を閉《と》じ、口の中に放りこんだ。

「ぐぶっ！」

舌《した》の上に煮物《にもの》が触《ふ》れた次の瞬間《しゅんかん》、すさまじい吐《は》き気《け》がこみあげた。なんという味だ。とにかく臭《くさ》くて、硬《かた》くて、そのくせ脳天《のうてん》を突《つ》き抜《ぬ》けるほどあまい。どぶで野菜《やさい》を煮《に》て、さらにどっさり砂糖《さとう》をかけたら、こんな味になるのではないだろうか。

どっと脂汗《あぶらあせ》が出てきた。両手で太ももをぎゅっとつかみ、のたうちそうになるのを必死《ひっし》でこらえる。

顔を赤紫《あかむらさき》色に変《へん》じながら、それでも耐《た》えている久蔵《きゅうぞう》を、青兵衛《あおべえ》はじっと見ていた。が、やがてふところから大きな赤いひょうたんを取りだして、久蔵《きゅうぞう》に差《さ》しだした。

久蔵《きゅうぞう》はひったくるようにしてそれを受け取り、がぶがぶと中身を飲んだ。

入っていたのは冷《つめ》たい水で、そのおかげでずいぶんと楽になった。

ぜえぜえと息をついている久蔵《きゅうぞう》に、青兵衛《あおべえ》がぼそりと言った。

「本当に食べるとは思っておりやせんでした」

「……おまえさん、けっこういじわるなんだねぇ」

「いじわるの一つもしたくなりやすよ」

恨《うら》みがましげに青兵衛《あおべえ》は久蔵《きゅうぞう》をにらんだ。

「久蔵殿《きゅうぞうどの》のために料理上手《りょうりじょうず》になりたいと、姫《ひめ》さまはずっと台所においでで。できあがった料理《りょうり》は、我々蛙《われわれかえる》が毒見《どくみ》、いえ、味見させられるんでございやすからね。……今日《きょう》のはまだましなんでございやすよ。さいしょのころは、こんなもんじゃありやせんでした」

「……申《もう》し訳《わけ》ない」

身を縮《ちぢ》める久蔵《きゅうぞう》を、青兵衛《あおべえ》はしばらくにらんでいた。だが、ふっとその目がなごんだ。

「この焼《や》きにぎり、本当においしゅうございやすね。いくつか持って帰りたいと思いやすが、ようございやすか？」

「え？　あ、ああ、もちろんだよ。なんなら、ぜんぶ持っていっておくれ」

「ありがとうございやす。……久蔵殿《きゅうぞうどの》が作ったものと知ったら、きっと姫《ひめ》さまもよろこばれることでございやしょう」

「初音《はつね》ちゃんに届《とど》けてくれるのかい？……ありがとさん」

「いえいえ。……こんなことを言っては、萩乃《はぎの》さまに食われてしまうかもしれやせんが……お二人は案外《あんがい》お似合《にあ》いなんじゃないかと、思えてまいりやしたよ」

青兵衛《あおべえ》のやさしさを、久蔵《きゅうぞう》はありがたく受け取った。


翌日《よくじつ》の夜、第二の子どもが久蔵《きゅうぞう》のもとにやってきた。

女の子だった。金糸の刺繍《ししゅう》をあしらった赤い衣《ころも》の上に、銀色の絽《ろ》の衣《ころも》を重ね着するという豪奢《ごうしゃ》な装《よそお》いをしている。年ごろは七歳《さい》くらいに見えたが、体は小さく、ほとんど猫《ねこ》くらいの大きさしかない。

これなら肩《かた》に乗せられるなと久蔵《きゅうぞう》は思い、すぐにこの子を肩《かた》には乗せたくないなと考え直した。

貧乏神《びんぼうがみ》の辛坊《しんぼう》とはまたちがった意味で、不気味《ぶきみ》な子どもだった。

まず色が白い。血の毛がまったくない、蠟《ろう》のような白さだ。目は細く、瞳《ひとみ》は赤い。顔はそこそこかわいいが、おでこには赤い小さなおできが四つあった。それに顎《あご》がとがっていて、どことなくかまきりを思わせる。

髪《かみ》はいくつかの房《ふさ》に分かれて、ぴんぴんと、頭から飛《と》びでていた。その数、八本。

久蔵《きゅうぞう》ははっとした。

いや、ちがう。脚《あし》だ。子どもの髪《かみ》は、途中《とちゅう》から蜘蛛《くも》の脚《あし》となって、頭から生えているのだ。

と、久蔵《きゅうぞう》を見つめ返しながら、子どもがちろりと唇《くちびる》をなめた。真っ赤な舌《した》を見て、久蔵《きゅうぞう》の背筋《せすじ》にぞくぞくと怖気《おぞけ》が走った。

青兵衛《あおべえ》がうやうやしげに紹介《しょうかい》した。

「蜘蛛夜叉御前《くもやしゃごぜん》の娘御《むすめご》のつやさまでございやす。そして、つやさま、こちらが久蔵殿《きゅうぞうどの》でございやす。三日後の夜にお迎《むか》えにあがりやすので、それまではこの久蔵殿《きゅうぞうどの》をおたよりくだ

さいやせ」

「わかった」

愛《あい》らしい声で、つやは返事をした。目は久蔵《きゅうぞう》からはなさない。吸《す》いつくようなまなざしだ。

「つやさまの重さは、ちょうど一貫《かん》でございやす。久蔵殿《きゅうぞうどの》の役目は、その重さを決してへらさぬことでございやす。ちなみに、増《ふ》える分にはいっこうにかまわぬそうで。それじゃ、手前はこれにて」

出ていこうとする青兵衛《あおべえ》を、久蔵《きゅうぞう》はあわてて引きとめた。

「ちょ、ちょっと待っとくれ。この子にはどんなものを食わせてやったらいいんだい？」

「それは……手前の口からは言えやせん。なに。すぐにわかることでございやしょう」

それだけ言って、青兵衛《あおべえ》は消えた。

久蔵《きゅうぞう》は途方《とほう》にくれながらつやを見た。小さな娘《むすめ》はまばたきもしないで、こちらを見ている。ひたいの赤いおできも、気のせいか、きらきらと光って見える。

「蜘蛛《くも》の、目……」

久蔵《きゅうぞう》はちょっとだけ身震《みぶる》いした。正直、蜘蛛《くも》は苦手なのだ。

（脚《あし》がわしゃわしゃと動くところがねぇ、こう、ぞっとするんだよねえ。蟹《かに》はぜんぜん平気なんだけど。ああ、蟹妖怪《かにようかい》の子だったらよかったのに）

だがいまは、好《す》ききらいを言える立場ではない。

気を取り直し、とっておきの笑顔《えがお》で話しかけた。

「よろしく、つやちゃん。なかよくやろうな」

「うん」

つやはうれしそうに久蔵《きゅうぞう》の指をにぎった。そして……。

がりっと、その指に噛《か》みついたのだ。


「蜘蛛夜叉《くもやしゃ》の子ですか。それは……少々やっかいですねぇ」

翌日《よくじつ》、泣《な》きついてきた久蔵《きゅうぞう》の話を聞いて、千弥《せんや》はめずらしく顔を曇《くも》らせた。

「蜘蛛夜叉《くもやしゃ》は墓場《はかば》に住まう妖怪《ようかい》で、人の生き血を好《この》みます。その子どもとなると、それこそ乳《ちち》をほしがるように血をほしがるでしょうねぇ」

「そんなおそろしいことを、あっさり言わないでおくれよぉ！」

さけぶ久蔵《きゅうぞう》の顔色は悪く、目の下にはくまがある。だが、むろん弥助《やすけ》は同情《どうじょう》しなかった。

「情《なさ》けないなぁ。たった一晩《ばん》で」

「おまえね！　そうは言うけど、あの子、一晩《ばん》中、おれの指くわえて、血をすってたんだよ？　引きはなそうとすると、金切り声をあげて、手がつけられないし。ああ、思いだしてもぞっとする」

「……でも、そんなに痛《いた》くはなかったんだろ？」

「ああ、嚙《か》まれたときは痛《いた》かったけど、あとはどうってことなかった。でも、自分の体から血が吸《す》いあげられていくのは、はっきりとわかるんだ。あの気持ちの悪さときたら……一晩《ばん》だけならがまんもしようが、もう二晩《ばん》なんて、とても無理《むり》だよ。こっちが干《ひ》からびちまう……ねぇ、弥助《やすけ》。今夜、おれのとこに泊《と》まりに来ないかい？」

「……おまえなぁ」

あきれる弥助《やすけ》のとなりで、千弥《せんや》がこわい顔になった。

「そういうことを言うなら、いますぐ出ていってください。うちの弥助《やすけ》を餌《えさ》代わりにしようなど、図々しいにもほどがある」

「冗談《じょうだん》だよ、冗談《じょうだん》。悪かったって。あやまるから」

そう言いながら、久蔵《きゅうぞう》はがくりとうなだれた。

「あの子の目がこわいんだ。好物《こうぶつ》を見る目つきなんだよ。まいったよ。自分を食い物として見られるのが、こんなおっかないとは思わなかった」

「……他のものは？　なにか他のものを食わせてみたりはしなかったのかい？」

「そんなこと、ためす暇《ひま》なんかありゃしなかったよ」

それだと、千弥《せんや》が手を打ち合わせた。

「それですよ、久蔵《きゅうぞう》さん。血をあげるのがそんなにいやなら、別《べつ》のものを与《あた》えてやってはどうです？」

「別《べつ》のもの？」

「ええ。蜘蛛夜叉《くもやしゃ》の子が、血よりももっと好《この》むものがあるんですよ。ただし……聞いたら後悔《こうかい》するかもしれませんよ」

かまわないと、久蔵《きゅうぞう》はさけんだ。

「この際《さい》だ。毒《どく》を食《く》らわばなんとやらと言うだろう？　もったいつけないで、早く教えておくれ」

久蔵《きゅうぞう》にせっつかれ、千弥《せんや》は静《しず》かに言葉を紡《つむ》いだ。

その日の夜、久蔵《きゅうぞう》は小刻《こきざ》みにふるえながら、押入《おしい》れをじっとにらんでいた。出てきてくれるな。そのままずっと寝《ね》ていてくれ。

だが、必死《ひっし》の祈《いの》りもむなしく、押入《おしい》れの戸がすすっと開き、つやが顔を出した。久蔵《きゅうぞう》を見るなり、つやはうれしげに笑《わら》い、音もなくにじりよってきた。半開きになった口からは早くも牙《きば》がのぞき、赤い目がきらめいている。獲物《えもの》を見つめる蜘蛛《くも》の目だ。

うしろにあとずさりしそうになるのを、久蔵《きゅうぞう》は必死《ひっし》にこらえなければならなかった。そして、そんな久蔵《きゅうぞう》の指に、つやはふたたびかぶりついたのだ。

小さくもするどい牙《きば》がぷつんと久蔵《きゅうぞう》の肉に打ちこまれ、つづいて、血を吸《す》いだす音が部屋の中に響《ひび》きはじめる。

ちゅうちゅう。ちゅる、ちゅう。

痛《いた》みはない。が、命をすすりだされるような気持ちの悪さがあった。

だめだ。やっぱり耐《た》えられない。

ふるえながら、久蔵《きゅうぞう》はつやをむりやり自分から引きはがした。つやは不満《ふまん》げに顔をしかめ、さけぼうと口を開きかけた。だが、それより早く久蔵《きゅうぞう》は話しかけた。

「つやちゃん。血よりもっと好《す》きなものがあるんだろう？　そいつを……こ、これから取ってきてあげるよ」

「ほんと？」

たちまち、つやの目がきらきらしはじめた。真っ赤な舌《した》がちろちろと、まるで蛇《へび》のように口から出入りする。

「ほんとに？　ほんとに取ってきてくれるの？」

「ああ。だ、だから、ちょっとの間、一人で留守番《るすばん》していてくれるかい？　どこにも行かず、この部屋でおとなしく待っていられるかい？」

「わかった。そのかわり、たくさん持ってきてね？　そうでなきゃいや」

「が、がんばるよ」

つやを残《のこ》し、久蔵《きゅうぞう》は離《はな》れを出た。昼間のうちに用意しておいたくわを手に持つ。

「だいじょうぶだ。どうってことないことなんだから」

だが、自分がこれからやろうとしていることを考えると、どうしてもふるえがこみあげてくる。

ふるえをこらえようと、息をつめると、耳の奥《おく》に千弥《せんや》の言葉がよみがえってきた。

「蜘蛛夜叉《くもやしゃ》はたしかに血が好《す》きですが、古い人骨《じんこつ》はもっと好《す》きなんですよ」

「骨《ほね》？　人の骨《ほね》を食うってのかい！」

「はい」

さすがに顔色を変《か》える久蔵《きゅうぞう》と弥助《やすけ》の前で、千弥《せんや》は言葉をつづけた。

「打《う》ち捨《す》てられた墓場《はかば》など、探《さが》せばいくらでもあるでしょう。そこにこっそり行って、ちょっと地面を掘《ほ》れば、すぐに骨《ほね》の一つや二つ、見つけられるはず。それを子どもに与《あた》えてやればいい。簡単《かんたん》なことです」

そう言われても、久蔵《きゅうぞう》は言葉が出なかった。かわりに弥助《やすけ》が口を開いた。

「ちょ、ちょっと待ってよ、千にい。それはいくらなんでも……さすがにひどいよ」

「ひどい？　わたしは蜘蛛《くも》夜叉《やしゃ》の好物《こうぶつ》を教えてあげただけだよ。どうするかは久蔵《きゅうぞう》さん次《し》第《だい》さ」

そう。すべては久蔵《きゅうぞう》次第《しだい》。そして、久蔵《きゅうぞう》は選《えら》んだのだ。自分の血を吸《す》われるよりは、だれかの骨《ほね》を掘《ほ》りだすほうがましだと。

我《われ》ながらひどいとは思ったが、しかたがないのだと言い聞かせた。

つやとはもう約束《やくそく》してしまった。なにより、この試練《しれん》をしくじったら、初音《はつね》を自由の身にしてやれない。初音《はつね》のため。初音《はつね》のためなのだから。

まじないを唱《とな》えるようにくりかえしながら、久蔵《きゅうぞう》は早足で暗い道を歩んでいった。知り合いに出会うこともなく、とある寺へとたどりついた。寺の裏《うら》には大きな墓場《はかば》があった。いくつもの墓石《はかいし》がならび、まだかすかに線香《せんこう》の匂《にお》いがただよっている。手入れされた墓《はか》、供《そな》え物《もの》がされている墓《はか》は素通《すどお》りし、久蔵《きゅうぞう》はできるだけ荒《あ》れ果《は》てた墓石《はかいし》を探《さが》した。もはや詣《もう》でる人もいない墓《はか》の骨《ほね》ならば、掘《ほ》りだしたとしても、だれの迷惑《めいわく》にもならないだろう。そう思ったのだ。

このとき、前方にかすかな明かりが見えた。久蔵《きゅうぞう》はあわててしゃがみこんだ。人魂《ひとだま》かと、ひやりと、肝《きも》が冷《ひ》えた。

だが、すぐにただの提灯《ちょうちん》の光だと気づいた。

胸《むね》を撫《な》でおろしながら、久蔵《きゅうぞう》は光に近づいてみることにした。むろん、こっそりとだ。相手の正体がわからないのだから、当然《とうぜん》の用心だ。

人影《ひとかげ》が二つ見えてきた。ざくざくと、土を掘《ほ》り返《かえ》す音もする。

「墓荒《はかあ》らし、かい……」

近づくにつれ、二人の男がせっせと土を掘《ほ》っているのが見えてきた。

いかにもろくでもない感じのする男たちだった。提灯《ちょうちん》に照《て》らしだされた顔は、荒々《あらあら》しく、化け物じみて見える。

くわをふるいながら、若《わか》いほうの男が急に吐《は》き捨《す》てるように言いだした。

「しかし、世の中には変《か》わり者もいるもんだぜ。不老長寿《ふろうちょうじゅ》の薬にするだかなんだか知らねえが、人骨《じんこつ》なんぞほしがるたぁねぇ。へ。おれだったら、それこそ死んでもごめんだぜ。人の骨《ほね》で作られた薬なんざ、飲みたかねぇや」

「そう言うな。ああいう変人《へんじん》どものおかげで、おれらのふところがあったまるんだからよ」

「けどよ、墓《はか》を掘《ほ》り返《かえ》すのはおれたちなんだぜ？……祟《たた》られたりしねぇかな？」

「ははぁ、おめぇ、怖《お》じ気《け》づきやがったな」

だいじょうぶだよと、年上の男は笑《わら》った。

「骨《ほね》は骨《ほね》。そこらの石ころとかわりゃしねぇ。それに、おめぇ、ここらの骨《ほね》なんざ、どれも忘《わす》れられたものなんだぜ？　おれらがなにしようと、恨《うら》みに思われることはねぇ。だれの迷惑《めいわく》にもなってねぇんだからよ」

「そ、それもそうだな」

「そうよ。むしろよ、生きてるおれたちのお役に立たせるほうが、よっぽど供養《くよう》になるってもんさ」

「なるほど。ちがいねぇ」

うそぶく男たちに、ひそんでいる久蔵《きゅうぞう》は耐《た》えに耐《た》えていた。

彼《かれ》らの一言一言が杭《くい》のように胸《むね》に食いこんだ。なぜなら、その言い分は久蔵《きゅうぞう》のものと変《か》わらなかったからだ。

忘《わす》れられた無縁仏《むえんぼとけ》の骨《ほね》ならば、だれの迷惑《めいわく》にもならない。

先ほどまでそう思っていた。本気で骨《ほね》をつやのところに運ぶつもりだった。

だが、本物の墓荒《はかあ》らしを目《ま》の当《あ》たりにし、その言い分が自分のものと同じとわかったとたん、覚悟《かくご》がくじけた。

妖怪《ようかい》であるつやが生き血や人骨《じんこつ》を食《く》らうのはいい。それは、つやの生き方であり本質《ほんしつ》だ。だが、人である久蔵《きゅうぞう》にそれはできない。越《こ》えられない一線があるのだということに、久蔵《きゅうぞう》は気づかされた。

夢《ゆめ》から覚《さ》めた思いで、男たちを見た。浅《あさ》ましく笑《わら》いながら土を掘《ほ》り返《かえ》すすがたに、自分のすがたがそっくり重なる。

こいつらはおれだ。おれはこいつらと、同じなのだ。

それが、なんとも許《ゆる》せなかった。

気づいたときには、久蔵《きゅうぞう》は隠《かく》れていた場所から飛《と》びだしていた。男たちがこちらを見る隙《すき》も与《あた》えず、一人目、二人目と、持っていたくわでなぐり倒《たお》す。

声をあげることもなく、男たちは地面に倒《たお》れた。

ぜはっと、久蔵《きゅうぞう》は息を吐《は》きだした。ほんの一瞬《いっしゅん》のことであったのに、びっしょりと汗《あせ》をかいていた。胸《むね》もはげしく脈打《みゃくう》っている。

かくかくしている膝《ひざ》をしかりつけ、気絶《きぜつ》している男たちのようすをうかがった。一人は頭が少し切れていたが、死ぬことはないだろう。

ようやく安堵《あんど》が広がってきた。

久蔵《きゅうぞう》は男たちが掘《ほ》っていた穴《あな》を見た。大きくえぐられた穴《あな》の底《そこ》に、なにやら白っぽいものが少し見える。おそらく骨《ほね》だ。

だれともわからぬ、だがかつては人だったもの。魂《たましい》はここにはないのかもしれない。ただの抜《ぬ》け殻《がら》にすぎないのかもしれない。それでも、静《しず》かに眠《ねむ》っていてほしい。

それが、久蔵《きゅうぞう》の人としての想《おも》いだった。

「困《こま》った人間が多くてすまないね」

骨《ほね》に手を合わせたあと、久蔵《きゅうぞう》は手早く穴《あな》を埋《う》めた。ついでに、倒《たお》れている男たちのふところに湿《しめ》った土をいっぱい詰《つ》めてやった。目覚《めざ》めたら、さぞおどろくにちがいない。墓場《はかば》の妖怪《ようかい》に悪さをされたと、ここに近づかなくなってくれればいいのだが。

やるべきことをやり、久蔵《きゅうぞう》は帰路についた。体はくたくただったが、心は晴れていた。

離《はな》れでは、つやが待ちかまえていた。もどってきた久蔵《きゅうぞう》に、蜘蛛夜叉《くもやしゃ》の子はふくれっつらで文句《もんく》を言った。

「遅《おそ》い！　待ちくたびれた！」

「ごめんよ……」

「骨《ほね》は？　持ってきてくれた？」

「いや……取ってこられなかった」

つやの顔が見る間に険《けわ》しくなった。眉間《みけん》にしわをよせ、小さな口から牙《きば》をむきだしにし、つやは久蔵《きゅうぞう》につめよった。

「どうして？　持ってきてくれるって、約束《やくそく》したのに！　約束《やくそく》は守るものなのに！」

「ごめん。ほんとにすまない。でも……おれには無理《むり》だったんだよ」

「そんなの、つやは知らないもの！　ひどい！　ひどい！」

許《ゆる》さないと、つやはさけんだ。

「もう血なんかじゃいや！　骨《ほね》が食べられるって、楽しみにしてたのに！　すっかり骨《ほね》の気分になってたのに！　こうなったら……食べてやる！　久蔵《きゅうぞう》を食べてやる！」

「ああ、食ってくれ」

「言われなくても、た……え？」

目をみはる妖怪《ようかい》の子の手を、久蔵《きゅうぞう》はそっとにぎった。そして一つの約束《やくそく》をしたのだ。

約束《やくそく》の夜、青兵衛《あおべえ》がつやを迎《むか》えにやってきた。もとから青い顔が、その夜はいやに白く、不安《ふあん》そうに目をしばたたかせている。

それを出迎《でむか》えた久蔵《きゅうぞう》も、冴《さ》えない顔をしていた。肌《はだ》の色はくすみ、頬《ほお》はこけ、目の下にはくまがある。

しばし見つめあったあと、青兵衛《あおべえ》は重々しく言った。

「つやさまをお連《つ》れする前に、まずは重さをはからせていただきやす」

「ああ、そうしておくれ」

「へい。それじゃつやさま、ちょいとこちらの籠《かご》に乗ってくださいやし」

青兵衛《あおべえ》は持ってきた小さなはかりにつやを乗せた。その顔が見る間に曇《くも》った。

「……だめかい？」

「いけやせんね。……一貫《かん》にはちょいと足りのうございやす」

「そっか。だいぶ血をあげたつもりだったんだがねぇ。こいつぁ、しかたないか」

「久蔵殿《きゅうぞうどの》……」

青兵衛《あおべえ》の顔が泣《な》きだしそうにゆがんだときだ。はかりの上から、つやが甲高《かんだか》い声をはなった。

「青兵衛《あおべえ》。久蔵《きゅうぞう》を勝手に処分《しょぶん》なさらないでと、萩乃《はぎの》さまに伝《つた》えてね」

「え？　えええっ？」

目を剝《む》く蛙《かえる》に、つやは言葉をつづけた。

「久蔵《きゅうぞう》に手を出したら、つや、許《ゆる》さない。母上に言いつけて、萩乃《はぎの》さまの血を吸《す》っていただく。だって、久蔵《きゅうぞう》はつやのものなのだもの。ね、久蔵《きゅうぞう》？」

「ああ。そう約束《やくそく》しちまったからね」

苦笑《くしょう》しながらうなずく久蔵《きゅうぞう》とつやを見くらべ、青兵衛《あおべえ》は絶叫《ぜっきょう》した。

「そ、そんな！　うちの姫《ひめ》さまはどうなるんで？　あんなに必死《ひっし》にがんばっておられるのに！　きゅ、久蔵殿《きゅうぞうどの》、見そこないやした！　たった数日で心変《こころが》わりなさるなんて！」

はらはらと涙《なみだ》をこぼしながら責《せ》める青兵衛《あおべえ》に、久蔵《きゅうぞう》はきょとんとした。

「……なんか、勘《かん》ちがいをしてやしないかい？　心変《こころが》わりって、なんのことだい？」

「だ、だって、つやさまのものになったって……うちの姫《ひめ》さまを捨《す》てて、つやさまのところに婿《むこ》入《い》りするつもりなんでございやしょう？」

「じょ、冗談《じょうだん》じゃないよ！　ちがうちがう！　つやちゃんのものになったって、そういう意味じゃないんだよ」

あわてて久蔵《きゅうぞう》は首をふり、つやもけらけらと笑《わら》った。

「つや、久蔵《きゅうぞう》のこと好《す》きだけど、お婿《むこ》さんにはほしくない。食べたいだけだもの」

「た、食べたい？」

「うん。久蔵《きゅうぞう》がね、約束《やくそく》してくれたの。死んだら、つやが久蔵《きゅうぞう》の骨《ほね》をぜんぶ食べていいって。すてきな約束《やくそく》でしょ？」

「し、しかし……」

「久蔵《きゅうぞう》は長生きさせたいの」

きらっと、つやの赤い目が光った。

「長生きした人の骨《ほね》って、すごくいい味がするの。逆《ぎゃく》に、若死《わかじ》にした人の骨《ほね》って、すっぱくて、つやはきらい。だから、久蔵《きゅうぞう》を罰《ばっ》しないでと、萩乃《はぎの》さまに伝《つた》えて。久蔵《きゅうぞう》に会えて、つやや、すごく満足《まんぞく》してるんだから。ちょっとひもじかったけど、この三日間、とても楽しかったんだから」

青兵衛《あおべえ》は口をぱくぱくさせていたが、やがてあきれたような目を久蔵《きゅうぞう》に向けた。

「……浅《あさ》はかな約束《やくそく》をなすったもので」

「そうは思わないよ。子どもは飢《う》えさせたくない、でも血は足りないし、骨《ほね》を取ってくることもできない。だから、こうするしかなかったんだよ。おれの骨《ほね》がどうなろうと、死んだあとなら、おれは気にしないからね。それでも……やっぱりだめなんだろうかねぇ？」

「それは……手前ではお答えできかねやす。とりあえず、つやさまをお母上のところにお送りして、それから萩乃《はぎの》さまにわけをお伝《つた》えするといたしやす」

「うん。そうしておくれ。それじゃ、つやちゃん、元気でな」

「うん。久蔵《きゅうぞう》もうんと長生きして、うんとおいしい骨《ほね》になってね」

「はいはい。がんばりますよ」

青兵衛《あおべえ》にかかえられ、蜘蛛夜叉《くもやしゃ》の子は去っていった。

それから数日後、久蔵《きゅうぞう》のもとに文が投げ入れられた。文には、〝合格《ごうかく》〟の二文字が、流れるような筆跡《ひっせき》で書かれていた。

9　初音《はつね》姫《ひめ》、そして萩乃《はぎの》の悩《なや》み

華蛇《かだ》の姫《ひめ》、初音《はつね》は自室で目を覚《さ》ました。

肌《はだ》に感じるのは、なめらかな絹《きぬ》ぶとん。部屋には香《こう》のよい香《かお》りがただよい、衣紋《えもん》かけにはお気に入りのつゆ草もようの打ちかけがかけられている。

だが、そうした品々も、いまの初音《はつね》にはくすんで見えた。

ここにほしいものは一つもない。

つきんと、胸《むね》が苦しくなり、前かがみになったときだ。ふすまの向こうから声がした。

「姫《ひめ》さま、お目覚《めざ》めでございますか？」

「ええ、もう起きているわ。入ってきて」

「失礼《しつれい》いたします」

ふすまを開いて、黄色い着物を着た赤蛙《あかがえる》がたらいを持って入ってきた。下働《したばたら》きの蘇芳《すおう》だ。

「おはようございます。顔を洗《あら》うお水をお持ちいたしました」

「ありがとう。そこに置《お》いておいて」

「はい」

たらいを置《お》いた蘇芳《すおう》は、ふとんの横にあるものに気づき、あきれたような声をあげた。

「おやまあ、まだとっておいでで？」

「ええ。だって、さいごの一つなんですもの。食べてしまうのがもったいなくて。だいじょうぶよ。術《じゅつ》で腐《くさ》らないようにしてあるから」

そう言って、初音《はつね》は置《お》いておいた焼《や》きにぎりをそっと手にとった。

これは久蔵《きゅうぞう》がこしらえたものだという。下男の蛙《かえる》、青兵衛《あおべえ》が持ってきてくれたのだ。

「久蔵殿《きゅうぞうどの》が、これを持たせてくれやした。姫《ひめ》さまにとのことでございやす」

渡《わた》されたたくさんの焼《や》きにぎりに、初音《はつね》は胸《むね》をゆさぶられた。自分より久蔵《きゅうぞう》のほうがおいしいものを作れるということに、ちょっと落ちこみもしたのだが。

だが、やはりうれしい。久蔵《きゅうぞう》が作ってくれたものと思うと、ただの焼《や》きにぎりが、宝物《たからもの》のように大切に思えた。

毎日少しずつ食べ、ついに残《のこ》りはあと一つ。あと一つと思うと、もったいなくて食べられない。

大切そうに焼《や》きにぎりを見つめる初音《はつね》に、蘇芳《すおう》はため息をついた。

「うちの人も、よけいなことをしたもんでございますね」

「そんなことはないわ。……ねえ、青兵衛《あおべえ》はまた久蔵《きゅうぞう》のところに行くの？　今度はいつ？　なにか言っていた？」

「いまのところ、動きはないそうでございます。……萩乃《はぎの》さまは次の試練《しれん》を考えておられる最中《さいちゅう》のようで」

「そう。……今度はどんないじわるなものを思いつくのかしらね」

初音《はつね》は憎《にく》らしそうに言った。

「本当にひどいんだから。性根《しょうね》がひねくれているとしか思えないわ」

「そんなことをおっしゃるものじゃございません。姫《ひめ》さまだって、おわかりのはず。萩乃《はぎの》さまがどれほど姫《ひめ》さまのことを大切に想《おも》っておられるか」

「……」

蘇芳《すおう》にたしなめられ、初音《はつね》は唇《くちびる》を噛《か》んだ。

わかっている。くやしいくらいわかっているのだ。

子に冷《つめ》たい両親にかわり、萩乃《はぎの》は心をこめて初音《はつね》を世話し、育ててくれた。「母」と想《おも》える相手は萩乃《はぎの》以外《いがい》にはいない。

だからこそ、初音《はつね》は萩乃《はぎの》に久蔵《きゅうぞう》のことを認《みと》めてほしかった。よろこんでほしかったのだ。

だが、物事はそううまくいかない。

前から萩乃《はぎの》は言っていた。「恋《こい》する相手は同族でなくてもよいのです。人間でさえなければ、どこのどなたであろうと、よろこばしいことでございますよ」と。

どうしてと初音《はつね》が聞くと、萩乃《はぎの》は笑《わら》った。

「人の時の流れは、我《われ》らあやかしとはちがいます。人の一生は、我《われ》らにとってのわずかなひと時にすぎませぬ。そんな相手を愛《あい》してしまっては、苦しみがあるばかりでございますよ。実際《じっさい》、人を愛《あい》した華蛇族《かだぞく》も、これまでに何人かおります。が、みな、あっという間に相手に死なれて、涙《なみだ》にくれたのですよ」

だから人間はだめなのだと、乳母《うば》は強く言った。

その言葉をおぼえていたからこそ、初音《はつね》は久蔵《きゅうぞう》のことを隠《かく》すことに決めたのだ。

久蔵《きゅうぞう》に会いにいくときは、王蜜《おうみつ》の君《きみ》の屋敷《やしき》に泊《と》まると言って、ごまかした。

だが、賢《かしこ》い萩乃《はぎの》をそう長々とだませるはずもない。

ついに真実を知られ、怒《いか》りくるった萩乃《はぎの》に初音《はつね》は屋敷《やしき》に連《つ》れもどされてしまったというわけだ。

久蔵《きゅうぞう》からむりやり引きはなされ、初音《はつね》は生まれて初めて萩乃《はぎの》に怒《いか》りをおぼえた。だが、それは萩乃《はぎの》も同じだったようだ。

連《つ》れもどされた日、二人は障子《しょうじ》が破《やぶ》けんばかりの大声でどなりあった。

「よりにもよって人間など！　認《みと》めませぬ！　断《だん》じて認《みと》められませぬ！」

「そんなことは関係《かんけい》ない！　あの人がいいの！」

「すぐ姫《ひめ》さまを残《のこ》して死んでしまう相手など、愛《あい》してなんになりましょうか！」

「死ぬ死ぬって言わないで。久蔵《きゅうぞう》はしたたかな人よ。長生きするはずだわ」

「人の長生きなど、たかが知れております。いまのうちに別《わか》れてしまえば、傷《きず》は浅《あさ》くすむのです。なにより、もっとふさわしい方が他にいくらでもおります。別《わか》れなさい。これは姫《ひめ》のためなのですよ！」

「わたくしのためだと思うなら、放っておいて！」

「そんなこと、できるはずがございません！」

「うるさい！　うるさいうるさい！　もう、萩乃《はぎの》の顔なんて見たくない！」

「ああ、そうでございますか。ようございますとも。それなら、この顔は引っこめましょう。ですが、あの男のもとへは行かせませんよ。かたがつくまで、お屋敷《やしき》からは一歩も出しませせぬ！」

まさに売り言葉に買い言葉。はげしい言《い》い争《あらそ》いをして以来《いらい》、二人は顔を合わせていない。

だが、あの大喧嘩《おおげんか》は、いまも初音《はつね》の胸《むね》にしこりとなって残《のこ》っている。

「久蔵《きゅうぞう》……」

ずきっと、また胸《むね》が強くうずいた。最近《さいきん》はなにかにつけて苦しくなる。おかげで体調もおもわしくない。

久蔵《きゅうぞう》のことを信《しん》じている。きっと、自分を迎《むか》えに来てくれる。伝令役《でんれいやく》の青兵衛《あおべえ》もそう言っていたではないか。

「あの人は餅《もち》のような人でございやすね」

久蔵《きゅうぞう》のことを、青兵衛《あおべえ》はそう言い表した。

「一見ふよふよとやわらかそうに見えやすが、じつはしっかりとこしがある。あの人なら、そうそう負けることはないはずでございやす」

実際《じっさい》、久蔵《きゅうぞう》は見事に二つの試練《しれん》を乗《の》り越《こ》えた。残《のこ》るはあと一つ。だが、そのことが逆《ぎゃく》に初音《はつね》を不安《ふあん》にさせていた。

おそらく、人間である久蔵《きゅうぞう》がここまで粘《ねば》るとは、萩乃《はぎの》も思ってはいなかったはずだ。思いどおりにならず、いま、萩乃《はぎの》の心中は煮《に》えたぎっているだろう。そして今度こそ、本気で久蔵《きゅうぞう》をつぶす手を考えるだろう。それがどれほどひどいものになるか。

だが、もっと心配なことが初音《はつね》にはあった。

久蔵《きゅうぞう》の心変《こころが》わりだ。

試練《しれん》に嫌気《いやけ》がさした久蔵《きゅうぞう》は、初音《はつね》のことなど忘《わす》れ、もっと気楽に生きようと思ってしまうかもしれない。そのことがこわくてたまらなかった。

「だいじょうぶ。きっとだいじょうぶ」

あとからあとからにじみでてくる不安《ふあん》を、初音《はつね》は必死《ひっし》でおさえこんだ。

だめだ。こうしてじっとしていると、どんどん気持ちが悪いほうへと向かってしまう。

気をまぎらわせなくては。

初音《はつね》は立ちあがり、蘇芳《すおう》を見た。

「蘇芳《すおう》、着替《きが》えを手伝《てつだ》ってちょうだい。お台所に行きます」

「というと、きょ、今日《きょう》もお料理《りょうり》を？」

「当たり前よ。こうなったからには、とことんやるわ。久蔵《きゅうぞう》においしいって言ってもらえるような、料理上手《りょうりじょうず》になってみせるんだから」

「……今日《きょう》は何本、指を切り落とすことになるんでございましょうねえ」

泣《な》きそうな顔をしている蘇芳《すおう》に手伝《てつだ》わせ、初音《はつね》は動きやすい身なりに着替《きが》えた。そして、さっそうと台所へと向かったのだ。

同じころ、萩乃《はぎの》は自室にて文机《ふみづくえ》の前に座《すわ》り、痛《いた》むこめかみを指でもんでいた。昨夜《さくや》も眠《ねむ》らず、第三の試練《しれん》のことを考えていたのだ。机《つくえ》には、さまざまな書物や巻物《まきもの》が散乱《さんらん》している。思いついたことを書《か》き散《ち》らした紙もだ。

「あの人間……本当にしぶとい」

貧乏神《びんぼうがみ》の子を預《あず》けられた時点で、ふるえあがって逃《に》げだすと思ったのに。貧乏神《びんぼうがみ》の子を見事、福の神に転生させたばかりか、蜘蛛夜叉御前《くもやしゃごぜん》の子にまで気に入られるとは、どこまで運のいい男だろう。

久蔵《きゅうぞう》の高笑《たかわら》いしている顔が目の前にちらつき、ますます頭痛《ずつう》がひどくなる。薬を取りにいこうと立ちあがったところで、鏡台《きょうだい》に目がいった。

自分の顔を見てぎょっとした。やつれて、目の下のくまも深い。肌《はだ》の色など、墓場《はかば》の白骨《はっこつ》のようだ。

「これはひどい……。うちの人にあいそづかしされても、文句《もんく》は言えない顔だこと。子どもたちにもこわがられてしまいそう」

もうしばらく自宅《じたく》に帰っておらず、夫《おっと》や子どもらとも顔を合わせていない。ここにこもり、ひたすら策《さく》を練《ね》っている。それも、男女の仲《なか》を裂《さ》くという、いやらしい策《さく》をだ。

ときどき、嫌気《いやけ》がさすこともあった。

こんなことをやって意味があるのだろうか。なぜ、あんな男のために眠《ねむ》りを削《けず》り、家族との時間を削《けず》らなくてはならないのか。これが思いどおりにいっても、姫《ひめ》からははげしく恨《うら》まれるだけだというのに。

そう思うと、情《なさ》けなくて、ばかばかしくて、なにもかも放りだしたくなる。だが、そうなるたびに、萩乃《はぎの》は必死《ひっし》で気力をふるいたたせるのだ。

いや、あの男のためなどではない。これもすべて、姫《ひめ》のためなのだ。

そう思うと、不思議《ふしぎ》なくらい体に力がよみがえる。

かわいいかわいい、娘同然《むすめどうぜん》の初音姫《はつねひめ》。まだまだ心がおさない、萩乃《はぎの》が守ってやらねばならぬ存在《そんざい》だ。人間との恋《こい》など、悲しいことになるのは目に見えている。なんとしてもあきらめさせなければ。

鏡《かがみ》から目をそむけ、ふたたび机《つくえ》に向かおうとしたときだ。

「失礼《しつれい》します」という声とともに、白い蛙《かえる》がお盆《ぼん》を持ってあらわれた。お盆《ぼん》の上には、湯気を上げている湯呑《ゆの》みがある。

「おはようございます、萩乃《はぎの》さま。飴湯《あめゆ》をお持ちいたしました」

「ありがとう、小雪《こゆき》。ちょうどほしかったところです」

萩乃《はぎの》はありがたく湯呑《ゆの》みを受け取った。とろっとあまい飴湯《あめゆ》を飲むと、こわばった体が温まり、疲《つか》れやいらだちが少しほぐれる気がした。

ほっと息をつく萩乃《はぎの》に、小雪《こゆき》は心配そうに言った。

「昨夜《さくや》も眠《ねむ》らなかったのでございますか?」

「ええ。一刻《いっこく》も早く、良《よ》い手を考えなくては。……姫《ひめ》はどう過《す》ごしておられますか?」

「はい。我《われ》ら蛙《かえる》には笑顔《えがお》を見せてくださいます。でも……少し具合が悪そうで。しきりに胸《むね》をおさえて、さすっていることが多くなっておられます」

「それは心配ですね。ただちに医者の宗鉄殿《そうてつどの》をお呼《よ》びなさい。見ていただいたほうがいいでしょう。……他には？　なにか気づいたことはありますか？」

「いいえ、胸《むね》をさする以外《いがい》は、これと言ってございません。普段《ふだん》どおりの姫《ひめ》さまでございます。……今日《きょう》も料理《りょうり》をするのだと、先ほど蘇芳《すおう》とともにお台所に向かわれました」

ひくりと、萩乃《はぎの》の口元がひきつった。

「……料理修業《りょうりしゅぎょう》、まだつづいているのですか？」

「はい。あの、そろそろ河童《かっぱ》の軟膏《なんこう》がなくなりそうなのですが」

「ただちに新しいのを買いつけてきなさい。我《われ》らが姫《ひめ》の指が欠《か》けたままになっているなど、あってはならぬこと」

「は、はい」

「しかし、そろそろあきてくださってもよいころなのに。まったくもう。こうと決めたら、本当にがんこな方なのだから。御父君《おちちぎみ》も御母君《おははぎみ》も、ああではあらせられないのに」

だれに似《に》たのかしらと嘆《なげ》く萩乃《はぎの》に、「それはあなたさまにでしょう」と、小雪《こゆき》は思った。

もちろん、口に出しはしなかったが。

「他にご用はございますか？　朝ごはんはどうなさいますか？」

「おなかがすいていないので、いりません」

「そう言って、昨日《きのう》も少ししかお食べにならなかったではありませんか。もう少しなにか食べないと。……お粥《かゆ》などはいかがでしょう？　おなかがすいていなくとも、さらさらと入っていくのではございませんか？」

気遣《きづか》う小雪《こゆき》に、萩乃《はぎの》は根負けしてうなずいた。

「それでは、お粥《かゆ》を一杯《ぱい》だけいただきましょうか」

「はい。少しお待ちくださいませ」

小雪《こゆき》は急いで出ていき、小さな鍋《なべ》と椀《わん》を持ってもどってきた。

「お待たせいたしました。お粥《かゆ》でございます」

よそってもらった粥《かゆ》に、萩乃《はぎの》は口をつけた。ただの白粥《しらがゆ》だが、おいしかった。ほんのりとした米のあまみと、さらりとした口当たりが、徹夜《てつや》明けの体にありがたい。

思わず二杯《はい》もおかわりしてしまい、萩乃《はぎの》は苦笑《にがわら》いした。

「おいしかったですよ」

「……」

「なんです、うれしそうな顔をして」

「それ、姫《ひめ》さまがお作りになったお粥《かゆ》なんです」

「姫《ひめ》が！」

信《しん》じられぬと、萩乃《はぎの》は粥《かゆ》を見た。

以前《いぜん》、姫《ひめ》が作ったものをこっそり味見したが、危《あや》うく倒《たお》れてしまうところだった。それほどひどい味だったというのに。

「まことですか？　ほ、本当に姫《ひめ》がこしらえたものなのですか？」

「はい。もともとはふつうのごはんになるはずでしたが、水かげんをまちがえ、このようにゆるゆるに炊《た》けてしまいまして。でも、お粥《かゆ》としてならば、十分おいしゅうございましょう？　それに、今回のようなしくじりは久《ひさ》しぶりなのでございますよ」

「と言うと？」

「このごろは、だいぶごはんを炊《た》くのがお上手《じょうず》になっておいでです。……包丁《ほうちょう》さばきのほうはまだまだですが、味付《あじつ》けのこつも少しだけつかんだようでございますよ」

「姫《ひめ》が……このようなものを作れるほどになるとは……」

それもこれも、すべてはあの久蔵《きゅうぞう》という男のためなのだ。

そう思うと、なにやらどっと疲《つか》れてしまい、萩乃《はぎの》はがっくりとうなだれた。

「萩乃《はぎの》さま！　ど、どうなさったんでございます？」

「なんでもありません。ただちょっと……すっかり空気がこもってしまいましたね。小雪《こゆき》、窓《まど》を開けてください。ぜんぶです。風がほしい」

「は、はい、ただいま！」

小雪《こゆき》は窓《まど》に飛《と》びつき、次々と開けはなっていった。

たちまち、朝のさわやかな風が部屋の中に入ってきた。秋の気配をまとった涼風《りょうふう》だ。大きく息を吸《す》いこみながら、萩乃《はぎの》は季節《きせつ》の移《うつ》り変《か》わりの早さにおどろいた。

「ついこの前まで夏の盛《さか》りだったというのに。いつの間にか、こんなにも空気が涼《すず》しくなっていたのですね」

「はい。日が暮《く》れるのも早くなりました。もう秋も間近ということでございましょう。心なしか、あちこちの影《かげ》も濃《こ》くなっているようでございますよ」

「そう。影《かげ》が濃《こ》く……影《かげ》……」

「萩乃《はぎの》さま？　どうなさったんでございます？」

「……思いついた！」

「ひっ！」

いきなりらんらんと目を光らせだした萩乃《はぎの》に、小雪《こゆき》は息をのんだ。

だが、そんな小雪《こゆき》に、萩乃《はぎの》は目もくれなかった。飛《と》びつくように机《つくえ》に向かい、すごい勢《いきお》いでなにかを書きはじめたのだ。

「これなら……これなら、うまくいく。今度こそ、きっと」

ぶつぶつつぶやきながら、筆を走らせる。

書き終えると、萩乃《はぎの》はその書を手早く折《お》りたたみ、小雪《こゆき》に渡《わた》した。

「この文を、影法師《かげぼうし》に届《とど》けなさい」

「は、はい」

「急ぎなさい！　早く！」

「はい！」

風のように、小雪《こゆき》は飛《と》びだしていった。

ふうっと、萩乃《はぎの》は肩《かた》の力を抜《ぬ》いた。

これでさいご。これですべてにかたがつくはずだ。やらねばならぬ。姫《ひめ》の悲しむすがたは見たくない。そのためなら鬼《おに》になってみせよう。

不敵《ふてき》に笑《わら》ったあとで、ふと真顔になった。

だが、もしこれでだめだったら？　あの人間の気持ちを変《か》えられなかったら？

「そんなことは……万に一つもないと思うけれど……でももし……もしも、そんなことになったら……」

　そのときこそは、こちらが負けを認《みと》めなくてはならないだろう。久蔵《きゅうぞう》という男を認《みと》め、姫《ひめ》を自由に羽ばたかせてやらねばなるまい。

　いやいや、そんなことは起こらない。なにしろ、今回はこれまでとは質《しつ》そのものがちがう試練《しれん》なのだ。人間の久蔵《きゅうぞう》など、ひとたまりもないはずだ。

「姫《ひめ》は……わたくしがお守りするのです」

　決意も新たに、萩乃《はぎの》はつぶやいた。

10　影法師《かげぼうし》

　夏はゆっくりと過《す》ぎてゆき、次第《しだい》に秋の気配がただよいはじめた。日に日に涼《すず》しい風が吹《ふ》き、木の葉から緑の色が抜《ぬ》けていく。

　だが、そのころになっても、久蔵《きゅうぞう》のもとに第三の子どもがやってくることはなかった。

「今回はやけに腰《こし》をすえて、お題を考えておいでのようだねぇ、お乳母《うば》さんは。よっぽどおそろしい子を用意する気だね」

　皮肉りながらも、久蔵《きゅうぞう》はやきもきしていた。青兵衛《あおべえ》もあれからずっと訪《たず》ねてきておらず、初音《はつね》のようすを知ることもできない。

「ったく。いつまで人を待たせるんだろう。……千さんに頼《たの》んで、あっちのお屋敷《やしき》に乗りこんでやろうかねぇ」

　そんなことまで考えるようになったところで、ようやく青兵衛《あおべえ》が顔を出した。

「おひさしぶりでございやす、久蔵殿《きゅうぞうどの》」

「青兵衛《あおべえ》さん！　よかった！　そっちに乗りこもうかと思ってたとこだったんだよ。今回はずいぶん間が空いたもんじゃないか」

「へい……葬式《そうしき》があったもので、ばたばたしちまいやして……」

「そりゃ……気《き》の毒《どく》に。どなたが亡《な》くなったんだい？」

青兵衛《あおべえ》が顔を上げた。その目は赤く腫《は》れていた。

「姫《ひめ》さまでございやす……」

しびれるように重い声音《こわね》だった。

久蔵《きゅうぞう》は、頭の上にずんと、巨大《きょだい》な鐘《かね》が落ちてきたかのような衝撃《しょうげき》を食《く》らった。ひどい耳鳴りがあらゆる音を曇《くも》らせる。なのに、青兵衛《あおべえ》がぼそぼそと語る声はちゃんと聞こえてくるのだ。

初音《はつね》が突然《とつぜん》の病に倒《たお》れたこと。

方々の名医や薬に頼《たよ》ったが、命をつなぎとめられなかったこと。

二日前に水葬《すいそう》にしたこと。

それらを聞いても、久蔵《きゅうぞう》は信《しん》じられなかった。

あの子が死んだ？　あの明るく、命のかがやきに満《み》ちていた初音《はつね》が？

「うそだ……」

ようやく声が出た。

「うそだよ。からかうのもいいかげんにしとくれよ、青兵衛《あおべえ》さん」

「いえ、まことのことでして」

「うそだ。信《しん》じないよ。そんな……あるわけがない」

ついに、青兵衛《あおべえ》は泣《な》きだした。泣《な》きながら、腕《うで》にかかえていた赤い布包《ぬのづつ》みを久蔵《きゅうぞう》に差《さ》しだしたのだ。

「これを」

「なんだい、それは？」

「姫《ひめ》さまの忘《わす》れ形見《がたみ》でございやす。息をひきとる前に、姫《ひめ》さまが産《う》み落《お》とされやした。

……姫《ひめ》さまと、久蔵殿《きゅうぞうどの》のお子でございやす」

すぽんと、頭のどこかで穴《あな》が開くような音がした。そこからしゅうしゅうと、あらゆるものが抜《ぬ》けていく。魂《たましい》すらも抜《ぬ》けてしまいそうだ。

だが、布包《ぬのづつ》みを押《お》しつけられそうになり、久蔵《きゅうぞう》はようやく我《われ》に返った。うしろに跳《と》びすさり、壁《かべ》にはりつくようにしながら、久蔵《きゅうぞう》は恐怖《きょうふ》の目で布包《ぬのづつ》みを見た。

「ちょいと待った！　お、おれと初音《はつね》ちゃんの子って……天に誓《ちか》って、おれは初音《はつね》ちゃんとそういうことしたこたぁないよ！　手をつないだのがせいぜいだ」

子どもが生まれるなどありえない。自分の子であるはずがない。

そうさけぶ男に、青兵衛《あおべえ》はかぶりをふった。

「人とあやかしはちがいやす。姫《ひめ》さまは、ほ、本当に久蔵殿《きゅうぞうどの》のことを慕《した》っておいででやした。会いたくても会えない。そ、その苦しさ、慕《した》わしさがつのりにつのり、命となって姫《ひめ》さまの腹《はら》に宿ったんでございやす。このお子はまぎれもなく、久蔵殿《きゅうぞうどの》のお子なのでございやす」

「そんな……」

「御一族《ごいちぞく》はこのお子を育てることを拒《こば》まれました。姫《ひめ》さまが生きているならともかく、亡《な》くなられた以上《いじょう》は、このような子は屋敷《やしき》に置《お》けぬと……それで手前は……久蔵殿《きゅうぞうどの》のところにお連《つ》れしたんでございやす。お願《ねが》いでございやす。どうかどうか、姫《ひめ》さまの想《おも》いをお見《み》捨《す》てにならないでくださいやし」

久蔵《きゅうぞう》は言葉が出なかった。情《なさ》けないほどに体がふるえていた。初音《はつね》を失《うしな》ってしまったという悲しみすらも、赤子の存在《そんざい》を前にかすんでしまう。

いずれは子どももほしいなと思っていた。が、いきなり身におぼえのない赤子を押《お》しつけられるなど、あんまりだ。

だが……。

ゆっくりと、久蔵《きゅうぞう》は動きだした。そろりそろりと、青兵衛《あおべえ》が抱《だ》いている布包《ぬのづつ》みへと近づく。心《しん》の臓《ぞう》が早鐘《はやがね》のごとく打っていた。いまにも胸《むね》を突《つ》きやぶってきそうだ。

汗《あせ》をかきながら、久蔵《きゅうぞう》は布包《ぬのづつ》みをのぞきこんだ。

真っ黒な卵《たまご》。

一瞬《いっしゅん》、そう見えた。

だが、それは目の錯覚《さっかく》であったらしい。

そこにいたのは、ふさふさとした黒髪《くろかみ》の赤《あか》ん坊《ぼう》だった。赤子でありながら色が白く、それは愛《あい》くるしい顔をしている。その顔には、まぎれもなく初音《はつね》のおもかげがあった。だが、ちょっと切れ長の目と耳の形は、久蔵《きゅうぞう》のものとそっくりだ。

初音《はつね》の子。自分の子。

わなわなと、またふるえがこみあげてきた。

「この子……」

「女の子でございやす。さ、どうぞ、だっこしてやってくださいやせ」

「っ！　や、やめておくれ！」

まだその覚悟《かくご》はないと、久蔵《きゅうぞう》はふたたび飛《と》びはなれた。

悲しそうに顔をゆがめながら、青兵衛《あおべえ》はそっと赤子を床《ゆか》に置《お》いた。

「ちょ、ちょいと、青兵衛《あおべえ》さん。本気でおれに託《たく》す気かい？」

「へい。できることなら、手前がお育てしたいところでございやすが……手前はしがない蛙《かえる》の身。妻子《さいし》を養《やしな》うのが精一杯《せいいっぱい》なんでございやす。……お願《ねが》いでございやす。お子さまを、どうかどうか守ってやってくださいやし。姫《ひめ》さまを少しでも愛《いと》しく思ってくださったのなら、その愛《あい》をこのお子に注いでやってくださいやし」

深々と頭を下げたあと、青兵衛《あおべえ》は逃《に》げるようにすがたを消した。

残《のこ》された久蔵《きゅうぞう》は、また赤子にそろそろと近づき、その顔をのぞきこんだ。

赤子はよく眠《ねむ》っていた。そして、見れば見るほど初音《はつね》によく似《に》ている。

久蔵《きゅうぞう》の脳裏《のうり》に、初音《はつね》のすがたがあざやかによみがえってきた。

初《はじ》めて浅草観音《あさくさかんのん》に連《つ》れていってやったときの、初音《はつね》のおどろきとはしゃぎよう。散歩《さんぽ》の途中《とちゅう》で買っただんごをほおばったときの笑顔《えがお》。久蔵《きゅうぞう》が他の女とおしゃべりしただけで、やきもちを焼《や》いてむくれていた。あのむくれた顔もかわいかったっけ。

そんなことをぼんやりと思いだしていると、赤子が急にむずかりだした。ふえふえと、力なく泣《な》きはじめる。

「腹《はら》がへったのかな？」

しかたなく、久蔵《きゅうぞう》は赤子を抱《だ》きあげた。その感触《かんしょく》におどろかされた。やわらかくて重たい。そして温かい。命の温《ぬく》もりだ。

ちりりっと、胸《むね》に痛《いた》みが走った。

その痛《いた》みがひどくなる前にと、久蔵《きゅうぞう》は大急ぎで赤子を母屋《おもや》に連《つ》れていった。

突然《とつぜん》、久蔵《きゅうぞう》が赤子を連《つ》れてきたものだから、両親は仰天《ぎょうてん》した。だが、自分たちの孫《まご》とわかるなり、大よろこびした。あれよあれよという間に、おもちゃも着替《きが》えもおしめもそろえ、乳《ちち》をくれる乳母《うば》も手配してくれた。

うっとりとした顔で赤子をあやしながら、久蔵《きゅうぞう》の母は息子《むすこ》に聞いた。

「ほんとかわいい子だこと。でも、この子のおっかさんは？　どこのおじょうさんなの？」

「……初音《はつね》ちゃんです」

「初音《はつね》ちゃん？　聞いたことがない名だけど、どなた？」

忘《わす》れてしまったのかと、久蔵《きゅうぞう》は絶句《ぜっく》した。「将来《しょうらい》のあたしの娘《むすめ》」と、あれほど初音《はつね》のことをかわいがっていた母親なのに。

冗談《じょうだん》にしてもたちが悪すぎる。

思わずどなりつけそうになったところで、我《われ》に返った。

そもそも初音《はつね》は、妖術《ようじゅつ》によって〝久蔵《きゅうぞう》の許嫁《いいなずけ》〟という立場にいた。みなは、術《じゅつ》によって、そう思いこまされていたのだ。だが、初音《はつね》が死んでしまったいま、その術《じゅつ》は解《と》け、周囲《しゅうい》の人々は初音《はつね》の存在自体《そんざい》、忘《わす》れてしまったのだろう。

苦しいものを必死《ひっし》でおさえこみ、久蔵《きゅうぞう》は小さく言った。

「いずれ、おっかさんたちに紹介《しょうかい》しようと思ってたんです。でも、なかなか言いだせず、そうこうするうちに初音《はつね》ちゃんはお産《さん》で……」

「そうだったの。かわいそうに」

たちまち涙《なみだ》ぐむ両親に、久蔵《きゅうぞう》は口をゆがめた。都合のいいうそをつくのが、これほど苦《く》痛《つう》だったことはない。初音《はつね》のことをけがしている気がして、気分が悪かった。

だが、久蔵《きゅうぞう》はさらに作り話をつづけた。

「初音《はつね》ちゃんは親兄弟もいなくて……だから、この子をひきとれるのはおれだけなんです。……いいですよね、おとっつぁん、おっかさん？」

「もちろんですよ！　この子はうちの孫《まご》なんだから。ねえ、おまえさん？」

「当たり前だ。この子を産《う》んでくれた人の分まで、しっかり育てなくちゃいけない。こりゃ隠居《いんきょ》だなんて言ってられないよ」

「本当にねぇ。それで、久蔵《きゅうぞう》、この子の名前は？　もう考えたのかい？」

「いや、まだ……そうですね。琴音《ことね》なんていうのはどうでしょう？」

「琴音《ことね》？　あら、いい名前だこと」

その日から、久蔵《きゅうぞう》の家は琴音《ことね》中心にまわりだした。

だれもが赤子に夢中《むちゅう》だった。下女のおたねや下働《したばたら》きのおつるまで、暇《ひま》を見つけては赤子の顔をのぞきにくる。久蔵《きゅうぞう》の両親にいたっては、そばからはなさないありさまだ。

ただ一人、久蔵《きゅうぞう》だけがどこか冷《さ》めていた。

赤子にどう接《せっ》していいか、わからなかった。なにやら憎《にく》らしいなと思うこともある。それでいて、心底《しんそこ》かわいいと思うこともあるのだ。

自分の気持ちを持てあまし、久蔵《きゅうぞう》は赤子には近づかないようにした。世話は両親や乳母《うば》にまかせ、自分は一歩退《ひ》いたところからそれを見ている。口では「かわいいかわいい」と言い、いかにもかわいがっているようすを見せつつ、決して手を出さなかった。

それが変《か》わったのは、三月あまりがたったころだった。

このころには、琴音《ことね》はぐっと大きくなり、愛《あい》らしさも増《ま》していた。ますます初音《はつね》に似《に》てきている。

少し苛《いら》ついた。

この子どもがここにいるのに、どうして初音《はつね》はいないのだろう？　この子のかわりに、どうして初音《はつね》が生き残《のこ》ってくれなかったのだろう?

どうしようもないことなのに、どうしてもそんな怒《いか》りがこみあげてくる。

思わずにらんだとき、琴音《ことね》の澄《す》んだ目が久蔵《きゅうぞう》を見返してきた。そして、にこっと、愛《あい》らしく笑《わら》ったのだ。

久蔵《きゅうぞう》は息をのんだ。赤子の無垢《むく》な笑《わら》いに、胸《むね》を射抜《いぬ》かれたのだ。思わずそばにより、手を差《さ》しのべた。琴音《ことね》はうれしそうに笑《わら》って、久蔵《きゅうぞう》の指をきゅっとにぎった。思ったより強い力だ。

きゃっきゃと笑《わら》う赤子に、久蔵《きゅうぞう》はぽつりとつぶやいていた。

「こんなにかわいい笑顔《えがお》を、初音《はつね》ちゃんは見られないんだね」

次の瞬間《しゅんかん》、涙《なみだ》があふれた。

初音《はつね》が死んだと聞かされてから初《はじ》めて、久蔵《きゅうぞう》は泣《な》いた。泣《な》いて泣《な》いて、目玉が溶《と》けてしまいそうなほど泣《な》いた。

気づいたときには、琴音《ことね》をしっかりと抱《だ》きしめていた。

その日、やっと久蔵《きゅうぞう》は初音《はつね》の死を受け入れた。

そして、同じ日、やっと父親になれたのだ。

それまでのよそよそしさやためらいがかき消え、久蔵《きゅうぞう》は娘《むすめ》を溺愛《できあい》しはじめた。乳《ちち》をもらうときだけは乳母《うば》に預《あず》けたが、それ以外《いがい》は自分で抱《だ》いてはなさなかった。

初音《はつね》はいないが、娘《むすめ》はいる。初音《はつね》が残《のこ》してくれた娘《むすめ》だ。だれよりも大切に、幸せにしてやらなくては。

胸《むね》にできた傷《きず》も、いとしむことで少しずつ癒《いや》された。

幸いにして琴音《ことね》は風邪《かぜ》一つひかず、すくすくと健《すこ》やかに美しく育っていった。

あっという間に十四年がたった。

ほころんだばかりの牡丹《ぼたん》のように、だれからも愛《あい》される娘《むすめ》になった琴音《ことね》に、ある朝、祖《そ》父《ふ》である辰衛門《たつえもん》が冗談《じょうだん》めかして言った。

「そろそろ琴音《ことね》にも縁談《えんだん》の話を進めなくちゃねぇ」

「まだ早いですよ、おとっつぁん」

すぐさま久蔵《きゅうぞう》は話に割《わ》って入った。

「琴音《ことね》にはまだまだ必要《ひつよう》ないことです」

「そんなことはない。現《げん》に、あちこちから話は来ているんだよ。だが、まずは琴音《ことね》の気持ちを聞いてやらなきゃね。琴音《ことね》。だれか好《す》きな人はいるかい？」

「はい、じじさま」

うなずく娘《むすめ》に、久蔵《きゅうぞう》は目を剝《む》いた。

「うそ！　うそだろう、琴音《ことね》！　そんなの、は、初耳《はつみみ》だよ！」

「だって言ったら、おとっつぁんが大騒《おおさわ》ぎすると思って」

白い頰《ほお》をほんのりと染《そ》めながら、琴音《ことね》は小さく言った。どうやら本当に恋《こい》をしているらしい。久蔵《きゅうぞう》はめまいがした。

「ど、どこのどいつだい、お、おまえが好《す》きっていうのは？　怒《おこ》らないから言ってごらん。ん？　ん？」

「絶対《ぜったい》に怒《おこ》らない？」

「怒《おこ》らないよ。だから、ほら、教えておくれ。だれなんだい？」

あのねと、琴音《ことね》の頰《ほお》がさらに赤くなった。

「……弥助《やすけ》にいなの」

「弥助《やすけ》！」

久蔵《きゅうぞう》は素《す》っ頓狂《とんきょう》な声をあげてしまった。

「弥助《やすけ》って、あの、千さんとこの？　あのたぬ助《すけ》？」

「そう」

信《しん》じられないと、久蔵《きゅうぞう》は頭をかかえた。

すでに三十路《みそじ》に近い弥助《やすけ》だが、あいかわらず千弥《せんや》と二人、なかよく暮《く》らしている。そのせいか、いまでも少年のような愛嬌《あいきょう》を失《うしな》わず、顔立ちは歳《とし》よりもずっと若《わか》く見える。

ちなみに、千弥《せんや》のほうはと言えば、こちらはまったく変《か》わっていない。

「琴音《ことね》！　よりにもよって、なんで弥助《やすけ》なんだい？　千さんならまだわかるのに！」

「やだ。千弥《せんや》さんきらい」

「なんで！」

「だって、弥助《やすけ》にいはやさしくて遊んでくれるけど、千弥《せんや》さんは弥助《やすけ》にいのことしか見ていないもの。千弥《せんや》さんに恋《こい》してもむだだって、おとっつぁんだって思うでしょう？」

「……………」

久蔵《きゅうぞう》は言葉に詰《つ》まってしまった。

たしかに千弥《せんや》に恋《こい》するほどむなしいことはないだろう。しかし、まさか琴音《ことね》の恋《こい》の相手が弥助《やすけ》だとは。

ああとか、おおとか、うめいている久蔵《きゅうぞう》の前で、琴音《ことね》はきっぱりと言った。

「とにかくね、婿《むこ》にするなら、弥助《やすけ》にいがいいです」

「……あいつ、殺《ころ》す」

「もう、おとっつぁんったら。怒《おこ》らないって言ったでしょ？」

「怒《おこ》ってない。殺《ころ》すって言ってるだけだよ。こうなったら……闇討《やみう》ちにしてやる！」

鼻息荒《あら》く立ちあがりかける久蔵《きゅうぞう》の頭を、ぴしゃんと、辰衛門《たつえもん》が扇子《せんす》で打ちすえた。

「久蔵《きゅうぞう》、おまえねぇ、いいかげんにおしよ。弥助《やすけ》のことはあたしも知ってるが、いい男じゃないか」

「おとっつぁんまで、な、なにを言うんです！」

「むしろ、ここは琴音《ことね》の目の付《つ》けどころをほめてやるべきじゃないかね？」

「じじさま、もっと言ってやって」

うれしげに笑《わら》う琴音《ことね》は、親の目から見てもかがやいていて、久蔵《きゅうぞう》は涙《なみだ》がわいた。こんなかわいい我《わ》が子《こ》を、もう手ばなさなくてはならないのかと思うと、胸《むね》の底《そこ》からこみあげてくるものがある。

「やっぱり許《ゆる》せない！　あいつ、ふんじばって、大川《おおかわ》に突《つ》き落《お》としてやる！」

「もう。おとっつぁんったら」

「やれやれ、親ばかはこれだから困《こま》るねぇ。琴音《ことね》が不憫《ふびん》でならないよ」

「お、おとっつぁんに親ばか云々《うんぬん》言われたかぁないですよ！　あ、琴音《ことね》！　ちょっとお待ち！　弥助《やすけ》に近づくんじゃないよ。下手《へた》したら、千さんに生《い》き埋《う》めにされかねない」

「ふふ。だいじょうぶ。うまくやるもの」

「いや、そうじゃなくて！」

軽《かろ》やかに笑《わら》いながら、琴音《ことね》は久蔵《きゅうぞう》から逃《に》げていく。

それを追いかけながら、「いよいよ親ばなれが来たのか」と、久蔵《きゅうぞう》はなんとも言えない苦みと不思議《ふしぎ》な満足感《まんぞくかん》をおぼえていた。さびしくもさわやかな風が、胸《むね》の中を吹《ふ》き抜《ぬ》けていくようだ。

（こりゃ……親として、応援《おうえん》してやらにゃならないのかねぇ。たぬ助《すけ》のほうはともかく、千さんを説得《せっとく》するのは、海の水を飲みほすよりむずかしいだろうから。……その前に弥助《やすけ》のほうは、一度きっちりしめておかにゃ。あ、でも、琴音《ことね》に知られないよう、うまくやらなきゃね）

だが、すったもんだの大騒《おおさわ》ぎを起こしかけたものの、結局《けっきょく》、琴音《ことね》の恋《こい》は実らなかった。話を弥助《やすけ》たちに持ちかける前に、琴音《ことね》が倒《たお》れたのだ。

突然熱《とつぜんねつ》を出して倒《たお》れた琴音《ことね》は、そのまま一度も床《とこ》をはなれることなく、世を去った。まるで桜《さくら》の花が春の嵐《あらし》に散《ち》らされるようなあっけなさだった。

久蔵《きゅうぞう》は悲しみにくれた。

なぜだと、血を吐《は》くほどに絶叫《ぜっきょう》した。これから花開こうとしている若《わか》い娘《むすめ》が、なぜいま、いきなり死ななければならない。母の初音《はつね》から、妖怪《ようかい》の長寿《ちょうじゅ》の血は受《う》け継《つ》がれなかったというのか？

怒《いか》りと悲しみにまかせて荒《あ》れくるう久蔵《きゅうぞう》は、しまいには座敷《ざしき》に閉《と》じこめられ、通夜《つや》にも葬式《そうしき》にも出られなかった。

畳《たたみ》を噛《か》み、壁《かべ》に体をぶつけ、いつしか久蔵《きゅうぞう》は気を失《うしな》った。

ふと気づくと、目の前に鏡《かがみ》が置《お》いてあった。のぞきこむと、やつれはて、老人《ろうじん》のように干《ひ》からびた自分の顔が映《うつ》った。

「へ、へへ……もう、おれもおしまいだねぇ」

初音《はつね》を失《うしな》い、琴音《ことね》を失《うしな》った。もうなにもいらないし、なにも得《え》られない。

久蔵《きゅうぞう》はこぶしで壁板《かべいた》をたたき割《わ》り、その破片《はへん》を喉《のど》に突《つ》き刺《さ》そうとした。だが、だれかがそれを止めた。ぴしりと、全身の動きを封《ふう》じられ、指一本動かせなくなる。

「は、はなせ！」

「だ〜め」

あどけない子どもの声が言った。同時に、床《ゆか》にのびた久蔵《きゅうぞう》の影《かげ》が、ぐぐっと、盛《も》りあがってきたのだ。

のっぺりとした、目鼻もない黒い影《かげ》は、そのまま久蔵《きゅうぞう》の顔先まで近づいてきた。と、顔の中にぱかりと、赤い口が開いた。

「いただきます」

次の瞬間《しゅんかん》、頭からなにかにのみこまれるような感触《かんしょく》が、久蔵《きゅうぞう》を襲《おそ》った。巨大《きょだい》な生き物の口に入れられ、ぬめぬめとした喉《のど》を通り、生温かい胃《い》の中へと落ちていく。

あまりの気持ちの悪さに、絶叫《ぜっきょう》していた。

「うわあああああっ！」

自分のさけび声に、目が開いた。

久蔵《きゅうぞう》は、知らない部屋の床《ゆか》の上に倒《たお》れていた。いや、知らない部屋ではない。よく見ると、見おぼえがある。

「……ここ、おれが住んでた離《はな》れ、か？」

だが、あの離《はな》れは琴音《ことね》が五歳《さい》のときに取りこわしたはずだ。

うろたえている久蔵《きゅうぞう》に、だれかが丸い鏡《かがみ》を差《さ》しだしてきた。

見て、おどろいた。若《わか》い。映《うつ》っているのは、まだ二十代の顔だ。四十男の顔ではない。

「えっ？　えっ？」

「あれは夢《ゆめ》だったのです。そなたは夢《ゆめ》を見ていたのですよ」

顔を上げれば、そこには女が立っていた。若《わか》くはないが、はっとするような知的な美しさがある。

目をぱちぱちさせながら、久蔵《きゅうぞう》は長いこと女を見返していた。

「お乳母《うば》さん……」

「ひさしぶりですね、久蔵《きゅうぞう》」

華蛇族《かだぞく》の萩乃《はぎの》は静《しず》かに言った。

「なんで、おまえさんがここに？」

「第三の試練《しれん》が終わったからです。ですから、こうしてふたたび会いに来ました」

「試練《しれん》？　なんのことだい？」

「初音姫《はつねひめ》のための試練《しれん》です。忘《わす》れたとは言わせませんよ」

「なにをばかなことを……初音《はつね》ちゃんはとっくの昔に……」

「わが姫《ひめ》はちゃんと生きておられます。そろそろしゃきっと目覚《めざ》めてほしいものですね。話が通じないのは困《こま》ります」

ここに来て、ようやく久蔵《きゅうぞう》は頭のめぐりがよくなってきた。

「あれは……つまり、あれは幻《まぼろし》だったのかい？」

「少しちがいます。そなたは影法師《かげぼうし》の夢《ゆめ》の中にいたのです」

「影法師《かげぼうし》？」

「人に長い夢《ゆめ》を見させ、その幸せや苦しみを食べるあやかしです。そなたは影法師《かげぼうし》の子を預《あず》けられたのですよ。青兵衛《あおべえ》が姫《ひめ》の子と言って、赤子を預《あず》けたでしょう？　あれが影法師《かげぼうし》の子。そして、あのときからまだ一昼夜もたってはいないのです」

つまり、赤子を受け取ったときから、影法師《かげぼうし》の夢《ゆめ》の中にとらわれていたということか。

それでも、まだ信《しん》じがたかった。

「おれは……たしかに十四年間、娘《むすめ》を育てた」

「それもまた夢《ゆめ》。いいかげん、受け入れなさい。ああ、そうそう。影法師《かげぼうし》の子は大変《たいへん》よろこんでいましたよ。そなたの夢《ゆめ》はとても味わい深かったと」

ぼうぜんとしている久蔵《きゅうぞう》に、萩乃《はぎの》はあきれたように言った。

「そもそもです。わたくしたちが姫《ひめ》の忘《わす》れ形見《がたみ》を手ばなすと思いますか？　とんでもない。それこそ、宝物《たからもの》のように大事に大事に育てますとも」

「……」

「ようやくわかってきたようですね。ええ。すべては夢《ゆめ》だったのですよ。……一度手に入れたかけがえのないものが、指の間からこぼれおちる絶望《ぜつぼう》。そして、それを決して取りもどせないという苦しみ。自分自身で味わってみて、どうでした？」

淡々《たんたん》と尋《たず》ねる萩乃《はぎの》を、久蔵《きゅうぞう》は見返した。

すべて夢《ゆめ》だった。芝居《しばい》だった。青兵衛《あおべえ》が赤子を置《お》いていったときから、自分はまんまとだまされていたのだ。

おどろくほど心が冷《ひ》えた。

「……ずいぶんと、残酷《ざんこく》なことをしてくだすったねぇ」

久蔵《きゅうぞう》自身がおどろいてしまうような、冷《つめ》たい声だった。

わずかに萩乃《はぎの》の顔がゆがんだ。

「悪趣味《あくしゅみ》だとは、わたくしも自覚《じかく》しています。ですが、謝罪《しゃざい》はしませんよ。いま味わった苦しみは、いずれそなたが姫《ひめ》に与《あた》えるもの。人の身であるそなたは、どうあがこうと姫《ひめ》を残《のこ》して死んでしまうのだから」

それゆえ味わってもらいたかったと、萩乃《はぎの》は言った。

「久蔵《きゅうぞう》よ、改《あらた》めて問います。そなたは、姫《ひめ》に苦しみを与《あた》える覚悟《かくご》はありますか？　姫《ひめ》が悲しみにくれることを望《のぞ》みますか？」

青ざめたまま、久蔵《きゅうぞう》は床《ゆか》に膝《ひざ》をついていた。いまだに体に力が入らず、立ちあがれない。だが、胸《むね》の中はちがう。むくむくと、わきあがってくるものがあった。

うめくように言った。

「人間は……身勝手なんだよ」

「姫《ひめ》を苦しめてでも、自分の欲《よく》を押《お》しとおすと？」

「あんたにどうのこうの言われることじゃない」

「なにを……」

気色ばむ萩乃《はぎの》を、久蔵《きゅうぞう》はまっすぐ見た。

「もうあんたとはしゃべらない。初音《はつね》ちゃんを出しておくれ。おれたちのことだ。おれたちで話をつけなきゃならない」

打ちひしがれていたときとは打って変《か》わった、燃《も》えあがらんばかりの目に、華蛇《かだ》の萩乃《はぎの》は初《はじ》めて気圧《けお》されたようだった。しばらくにらみ返してきたが、ついにはうなずいた。

「わかりました……」

萩乃《はぎの》はすがたを消し、それと入れちがうようにして、初音《はつね》があらわれた。

「きゅ、久蔵《きゅうぞう》！」

「初音《はつね》ちゃん……」

泣《な》きながら抱《だ》きついてきた初音《はつね》を、久蔵《きゅうぞう》は両腕《りょううで》で受けとめた。

「ひさしぶりだねぇ」

「ほ、本当に。さびしかった」

「おれもだよ。こうして無事《ぶじ》なすがたを見られて、こんなうれしいこたぁないよ」

元気にしていたかと、久蔵《きゅうぞう》はやさしく初音《はつね》の頬《ほお》をなでた。

「料理《りょうり》を習ってるんだってね？」

「ええ。縫《ぬ》いものやそうじも教えてもらっているところなの」

「なんでまた、そんなことを？」

「だって、人間の世界では、えっと、そういうことを花嫁修業《はなよめしゅぎょう》というのでしょう？　それに、大好《だいす》きな人のお世話をなんでもできるようになるのって、とてもすてきだなと思って」

初音《はつね》はまじめな顔になって、久蔵《きゅうぞう》を見つめた。

「さいしょに久蔵《きゅうぞう》は言ったわ。わたくしに恋《こい》できるかどうか、わからないって。いまも、きっとそうなのでしょうね」

「……………」

「でも、わたくしは……わたくしはやっぱり久蔵《きゅうぞう》が好《す》き。あきらめたくない。だからね、決めたの。わたくし、もっといい女になる。あなたが心底《しんそこ》惚《ほ》れてくれるような、いい女になって、かならずあなたを惚《ほ》れさせてみせるって」

胸《むね》をはる初音《はつね》を、久蔵《きゅうぞう》は見なおした。

こんなにもまぶしい娘《むすめ》だっただろうか。はなれていた間に、また一段《いちだん》と成長したかのようだ。惚《ほ》れ惚《ぼ》れするような思いきりのよさではないか。

妹のように思っていた気持ちが、ゆっくりと薄《うす》れていくのを感じた。

目を細めている久蔵《きゅうぞう》を、初音《はつね》は心配そうにのぞきこんだ。

「青兵衛《あおべえ》からずっと久蔵《きゅうぞう》のことは聞いていたの。あの……わたくしのために、ずいぶん大《たい》変《へん》な目にあったみたいね」

「青兵衛《あおべえ》さんか……」

あの野郎《やろう》と、久蔵《きゅうぞう》は唸《うな》った。あの泣《な》きはらした目、悲しみに沈《しず》んだ顔に、まんまとだまされた。なにが「姫《ひめ》さまは亡《な》くなった」だ。

「たいした役者だよ。……今度思いっきり酔《よ》いつぶしてやる」

「久蔵《きゅうぞう》？」

「いや、こっちの話だよ。試練《しれん》のほうは、まあ、二つ目まではどうってことなかったよ。……でも、三つ目はきつかった」

笑《わら》って言おうとしたが、できなかった。どうしても唇《くちびる》がゆがんでしまう。

「おれねぇ、夢《ゆめ》を見させられたんだよ。初音《はつね》ちゃんとおれの間に子が生まれて、その子を育てるって夢《ゆめ》。すごくかわいくてかわいくて……でも、その子は死んじまうんだ」

じわっと涙《なみだ》がわいてきて、久蔵《きゅうぞう》はあわてて目を手でおさえた。

「……いけないね。ただの夢《ゆめ》だとわかってても、やっぱり胸《むね》が苦しくなっちまう」

「久蔵《きゅうぞう》……」

「初音《はつね》ちゃん。おれは人だ。どうしたって、初音《はつね》ちゃんより早く死んじまう。そのとき、初音《はつね》ちゃんはどうする？」

「え？　え、なにを？」

「おれが死んだあと、どうするのか。頼《たの》むから、聞かせてほしい」

久蔵《きゅうぞう》のただならぬ顔つきと声に、初音《はつね》は少しおびえたようすを見せた。だが、すぐに挑《いど》むように見返した。

「わたくしは……悲しむでしょう。泣《な》いて泣《な》いて……久蔵《きゅうぞう》をしのんで……でも、それでも生きていく」

「生きる？」

「ええ。だって……わたくしが生きて久蔵《きゅうぞう》のことをおぼえているかぎり、久蔵《きゅうぞう》は消えたりしないもの。それに……もしかしたら、わたくしたちの子どもがいるかもしれない。孫《まご》や、そのまた孫《まご》も。わたくしはその子たちを守りながら、あなたに追いつく日までを精一杯《せいいっぱい》生きてみせる」

はじけるように久蔵《きゅうぞう》は笑《わら》いだした。笑《わら》って笑《わら》って、涙《なみだ》がこぼれてもなお笑《わら》いつづける。

むっとしたように、初音《はつね》は口をとがらせた。

「もう！　なにがおかしいと言うの？　わ、わたくしは真剣《しんけん》に答えたのに！」

「ああ、ごめんごめん。おれがばかだったなぁと、つくづく思って。上出来だ。気に入ったよ。それなら心配いらないね。……改《あらた》めて申しこむよ」

「え？」

目をみはる初音《はつね》の手を、久蔵《きゅうぞう》はそっとにぎった。

「華蛇《かだ》のお姫《ひめ》さま。手前はしがない人間の男ではございますが、手前の命つきるまで、いっしょに暮《く》らしてはいただけませんか？」

しばらくの間、初音《はつね》は押《お》しだまり、石のようにかたまっていた。大きな目で、じっと久《きゅう》蔵《ぞう》を見つめる。

そのまなざしから、久蔵《きゅうぞう》は目をそらさなかった。手もはなさなかった。

やがて、ゆるゆると、初音《はつね》の瞳《ひとみ》が潤《うる》みだした。

白玉のような涙《なみだ》を落としながら、初音《はつね》は天女《てんにょ》のように笑《わら》った。

「はい！」

大きな返事をし、初音《はつね》はふたたび久蔵《きゅうぞう》に飛《と》びついた。そして、久蔵《きゅうぞう》はそれをしっかりと受け止めたのだ。

それからひと月後、華蛇族《かだぞく》の屋敷《やしき》にて、久蔵《きゅうぞう》と初音姫《はつねひめ》の祝言《しゅうげん》が挙《あ》げられた。

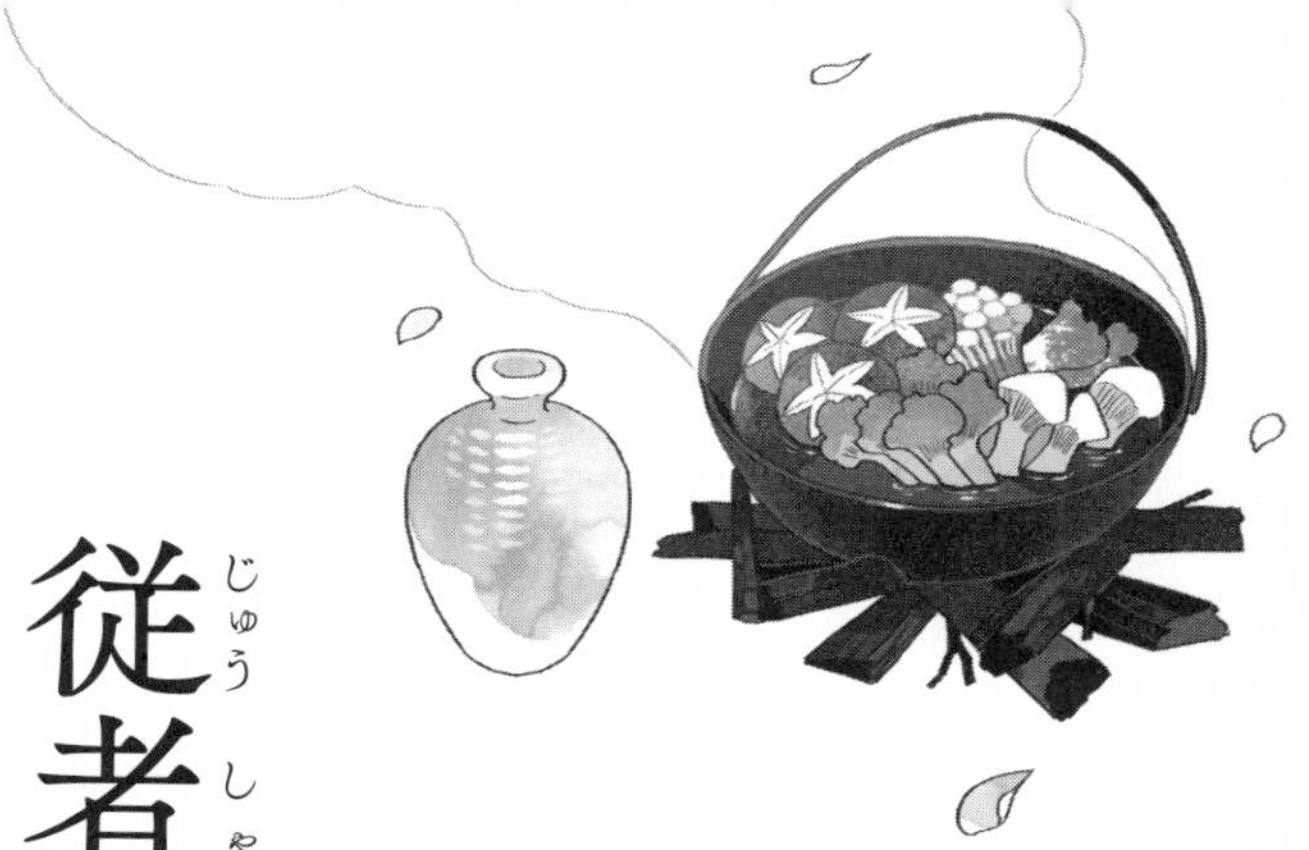

従者《じゅうしゃ》たち、宴《うたげ》をひらく

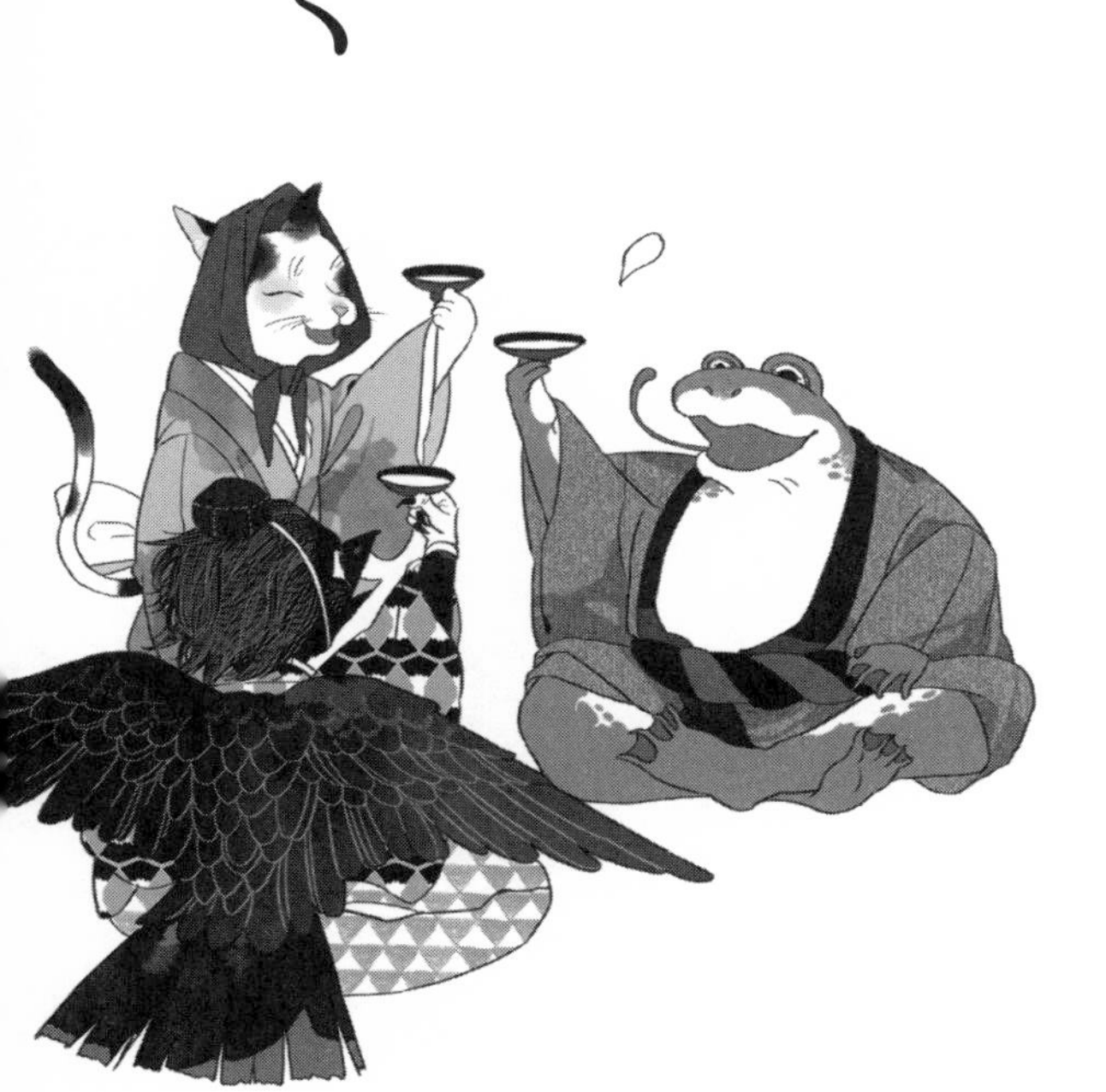

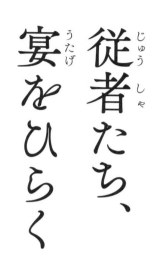

1

それは、久蔵《きゅうぞう》と初音《はつね》の祝言《しゅうげん》がすんでから、ひと月あまり後のこと。

弥助《やすけ》のもとに、妖怪《ようかい》の子がどどっと預《あず》けられた。

さいしょにやってきたのは、烏天狗《からすてんぐ》の飛黒《ひぐろ》であった。妖怪奉行《ようかいぶぎょう》、月夜公《つくよのぎみ》に仕える烏天狗《からすてんぐ》で、黒い羽におおわれており、背中《せなか》に生えた翼《つばさ》もまた真っ黒だ。ぎょろりとした目と、大きなくちばしがかなりの迫力《はくりょく》で、正直、闇夜《やみよ》ではでくわしたくない顔つきである。

その飛黒《ひぐろ》の子どもは、小さな二匹《ひき》の烏天狗《からすてんぐ》であった。双子《ふたご》なのだろう。体の大きさから翼《つばさ》、着ている衣《ころも》にいたるまで、そっくりだ。ただし、飛黒《ひぐろ》とちがい、手や顔や首には羽が生えておらず、つるりと白い肌《はだ》があらわとなっている。

そして、双子《ふたご》の顔は鳥ではなく、人のものであった。色白で、切れ長の目をしている。少し口元がくちばしのようにとがっているが、それがまたかわいらしい。

「わしのせがれどもだ。右京《うきょう》と左京《さきょう》という。ほれ、こちらが子預《こあず》かり屋《や》の弥助殿《やすけどの》じゃ。あいさつせい」

「右京《うきょう》でございまする」

「左京《さきょう》でございまする」

双子《ふたご》はお行儀《ぎょうぎ》よく頭をさげてきた。

弥助《やすけ》はまじまじと飛黒《ひぐろ》を見た。

「あんた、子持ちだったんだ……」

「なにか問題でもあるのか?」

「いや……意外だなぁと思って。てっきり月夜公一筋《つくよのぎみひとすじ》かと思っていたから」

「き、気味の悪いことを申すでない! こう見えても、わしは妻一筋《つまひとすじ》であるぞ」

「ええ、それはほんとでございますよ」

のほほんとした声が割《わ》って入ってきた。

飛黒《ひぐろ》のうしろに、いつの間にか大きな猫《ねこ》が立っていた。頭に赤い手ぬぐいをかぶった、白と黒のぶち猫《ねこ》。人に取《と》り憑《つ》き、寝言《ねごと》を言わせる妖怪《ようかい》、寝言猫《ねごとねこ》だ。

「寝言猫《ねごとねこ》のおこねでございます。おひさしぶりでございますね、弥助《やすけ》さん」

「うん、ひさしぶりだね。……いまの口ぶりからすると、飛黒《ひぐろ》さんのおかみさんのことを知ってるみたいだね？」

「あい。そりゃもう。飛黒《ひぐろ》さんと奥方《おくがた》は、夫婦仲《ふうふなか》の良《よ》さで有名でございますもの」

ふふふと、意味ありげに笑《わら》う寝言猫《ねごとねこ》を、「よけいなことを言うな、おこね」と、じろりとにらむ飛黒《ひぐろ》。そのやりとりに、弥助《やすけ》は首をかしげた。

「二人は知り合いなのかい？」

「ええ。それなりに」

「お互《たが》いの主《あるじ》つながりで知り合ったのだ」

「そうなんだ。……飛黒《ひぐろ》さんの主《あるじ》はわかるけど、おこねさんも主《あるじ》がいるのかい？」

「ええ。王蜜《おうみつ》の君《きみ》でございますよ」

弥助《やすけ》はぎょっと目をみはった。

「えっ！　あ、あのお姫《ひめ》さん？」

「ええ。我《われ》ら猫《ねこ》の妖怪《ようかい》の長《おさ》なのでございますよ、あの御方《おかた》は」

「そ、そうなのかい。……あのお姫《ひめ》さんに仕えるのって、大変《たいへん》じゃない？」

「そりゃ、こわいところはもちろんございますよ。でも、本当に困《こま》ったときには助けてくださる御方《おかた》です。大変《たいへん》と言うなら、飛黒《ひぐろ》さんのほうがもっと大変《たいへん》かと」

「あ、そうだよな。あの月夜公《つくよのぎみ》が相手じゃ、一時《いっとき》だって気が休まらないよな」

弥助《やすけ》とおこねから同情《どうじょう》のまなざしを向けられて、飛黒《ひぐろ》は居心地《いごこち》悪そうに翼《つばさ》を動かした。言い返したいが、否定《ひてい》はできぬというところであろう。

「ふふふ。飛黒《ひぐろ》さんったら、言いたいことは山ほどあるって顔をして」

「お、おこねこそ、たまったぐちが、ぶちになってうきあがってきそうなありさまだぞ」

「おや、うまいことをおっしゃる。ま、それはともかくとして、弥助《やすけ》さん、またうちの子を預《あず》かってくださいな」

そう言って、おこねは頭にかぶった手ぬぐいの下から、ころりとした小さな子猫《こねこ》を取りだした。なにからなにまで、おこねにそっくりの子猫《こねこ》だ。

「ま、まるも……」

弥助《やすけ》はたじたじとなった。前にこのまるもを預《あず》かったときは、大変《たいへん》な目にあったからだ。できれば二度と預《あず》かりたくない相手なのにと、心の中で悲鳴をあげたときだ。それまで部屋のすみで自分は関係《かんけい》ないとばかり鍼《はり》を研《と》いでいた千弥《せんや》が、いきなり顔をつっこんできた。

いつになくにこやかな笑《え》みをうかべ、千弥《せんや》はおこねに言った。

「おまえの子どもはいつでも大歓迎《だいかんげい》だよ。今度は何日預《あず》かればいいんだい？」

「あ、いえ、今回は一晩《ばん》だけ。明日の朝には迎《むか》えに来ますので」

「なんだい。たった一晩《ばん》だけかい？　つまらない」

がっかりする千弥《せんや》に、弥助《やすけ》は苦笑《くしょう》した。おおかた、まるもを使って、弥助《やすけ》からまた「千にい、大好《だいす》き」という寝言《ねごと》を聞きだそうと思ったのだろう。

なにはともあれ、明日の朝までならこちらも安心して預《あず》かれる。

「いいよ。まるも、おいで」

ころりんと、まるもは弥助《やすけ》の手の中へと移動《いどう》した。そのようすに、烏天狗《からすてんぐ》の双子《ふたご》が「かわいい！」と声をあげた。

「父上、かわいいです！」

「見ました、父上？　ころころしています！」

「そうだな。おまえたち、いっしょに預《あず》かってもらうのだから、まるもともなかよくするのだぞ」

「わかっています」

「明日の朝には迎《むか》えに来る。それまで、弥助殿《やすけどの》に迷惑《めいわく》をかけるでないぞ」

「はい」

ちゃんと父親なんだなぁと、弥助《やすけ》はちょっと感心した。そのあと、ふとつぶやいた。

「それにしても、子どもが二組かぁ。重なるのはめずらしいな」

「いえ、もう一人、お客が来ると思いますよ」

「え？　そうなの？」

「はい。ここに行くと、言っていましたからねぇ」

そのとおりだった。飛黒《ひぐろ》とおこねが去ってからしばらくあと、今度は大きな青蛙《あおがえる》がたらいを頭にのせてやってきたのだ。

「あんたは、初音姫《はつねひめ》のとこの……」

「へい。青兵衛《あおべえ》というものでございやす。祝言《しゅうげん》ではごあいさつもせず、失礼《しつれい》をいたしやした」

そう。初音姫《はつねひめ》と久蔵《きゅうぞう》の祝言《しゅうげん》には、弥助《やすけ》と千弥《せんや》も出席《しゅっせき》した。久蔵《きゅうぞう》から「ぜひ」と言われたからだ。

「もちろん行くよ。久蔵《きゅうぞう》のゆでだこみたいな顔、拝《おが》まずにおくもんか」

憎《にく》まれ口《ぐち》を叩《たた》きつつも、弥助《やすけ》は少しだけ心配していた。

なんと言っても、久蔵《きゅうぞう》は完全な人間だ。妖怪《ようかい》にかこまれたら、それこそ蛇《へび》ににらまれた蛙《かえる》みたいになってしまうかもしれない。

祝言《しゅうげん》の席《せき》で恥《は》ずかしいことをしでかさないよう、いざとなったら助けてやらなければ。

そんな気持ちで、弥助《やすけ》は千弥《せんや》とともに祝言《しゅうげん》に向かったのだ。

だが、それは取《と》り越《こ》し苦労《ぐろう》に終わった。

黒紋付《くろもんつき》を身につけた久蔵《きゅうぞう》は、じつに落ちついており、立《た》ち居《い》ふるまいも堂々《どうどう》としていたのだ。美形ぞろいの華蛇《かだ》族《ぞく》の面々を前にしても、決して貧相《ひんそう》には見えなかった。

そしてなにより、久蔵《きゅうぞう》は幸せそうだった。

白無垢《しろむく》すがたの初音《はつね》を見つめる目、言葉を交《か》わすときの笑《え》みのやさしさ。そのすべてがほっこりと温かい。対する初音《はつね》も同じだ。

それが周囲《しゅうい》にも伝《つた》わるものだから、似合《にあ》いの二人よと、あちこちから声があがる。

「なんだよ。……つまんないやつ」

悪態《あくたい》をつきながらも、弥助《やすけ》は心の中ではちゃんと祝《いわ》いの言葉を贈《おく》ったのだ。

さて、話をもどそう。

この青蛙《あおがえる》は、その祝言《しゅうげん》の席《せき》で見かけた。料理《りょうり》を運んだり、酒を注《つ》いでまわったりと、くるくるとよく働《はたら》いていたから、弥助《やすけ》もおぼえていたのだ。

「祝言《しゅうげん》、無事《ぶじ》に終わってよかったな」

「へい。奉公人《ほうこうにん》の一同も、ようやく肩《かた》の荷が下りたというか」

「そうだろうね。いい祝言《しゅうげん》だったと思うよ。料理《りょうり》はぜんぶうまかったし。広間に飾《かざ》ってあった花もきれいで。……そういえば、おどろいたよ。久蔵《きゅうぞう》の親たちが来ていたからさ」

「花婿《はなむこ》の親御《おやご》さま抜《ぬ》きというのも、まずうございやすから。なに。だいじょうぶでございやす。術《じゅつ》をかけて、ふつうの人間の祝言《しゅうげん》に見せかけておりやしたから。久蔵殿《きゅうぞうどの》の親御《おやご》さまは、少しも怪《あや》しんではおりやせんよ」

「なるほどね」

祝言《しゅうげん》のあと、初音《はつね》は久蔵《きゅうぞう》とともに人界《じんかい》にもどった。いま、二人は一軒家《いっけんや》を借《か》り、若夫婦《わかふうふ》として暮《く》らしている。もう少ししたら、久蔵《きゅうぞう》の父親はいくつかの長屋を久蔵《きゅうぞう》にまかせるのだという。

「あいつがいよいよ一家の主《あるじ》になるってわけか。……なんか、思いうかばないな。あいつがしっかり働《はたら》くところなんて」

「だいじょうぶでございやす。姫《ひめ》さまもおそばにおりやすから。もうだいぶ若女房《わかにょうぼう》っぷりが板についてきたようで」

「そりゃよかったね」

「へい。我《われ》ら蛙《かえる》も、おかげで少し休みをいただけやした。なにせ、ここ数ヶ月《すうかげつ》、お屋敷《やしき》はそりゃもういそがしくて、目も当てられぬありさまでやしたから」

「で、ここに子どもを預《あず》けて、息抜《いきぬ》きしようって？」

「当たりでございやす。ということで、うちの子らをお願《ねが》いいたしやす」

青兵衛《あおべえ》はたらいを下ろして、弥助《やすけ》のほうへ押《お》しだした。水をはったたらいの中には、真っ黒な大きなおたまじゃくしがわらわらと泳ぎまわっていた。

「……大所帯《おおじょたい》だね」

「へい。五十六匹《ぴき》おりやして。こちらから順《じゅん》に……」

「あ、紹介《しょうかい》はいいよ。そんなことしてたら、夜が明けちまう。早く行きなって」

「それもそうでございやすね。それじゃ、お言葉にあまえて、手前はこれにて。明日の朝に迎《むか》えにまいりやす」

青兵衛《あおべえ》はあわただしく出ていった。

奥《おく》でまるもと遊んでいた烏天狗《からすてんぐ》の双子《ふたご》が、さっそくたらいをのぞきこんできた。

「いっぱいいます！」

「ほんと、いっぱい！　弥助殿《やすけどの》、いっぱいです！」

「そうだな。五十六匹《ぴき》いるんだってさ」

「すごい！　ねえ、右京《うきょう》。左京《さきょう》と右京《うきょう》が五十六人いたら、おもしろいと思いませんか？」

「思います！　父上と母上に頼《たの》んで、あと五十四人、兄弟を作っていただこうかしら？」

「おいおい」

苦笑《くしょう》しながら、弥助《やすけ》はふと千弥《せんや》のほうを向いた。

「ねえ、千にい。おもしろいこともあるもんだね。一晩《ばん》に、三方から子妖《こよう》を預《あず》かることになるなんて。しかも、全員、明日の朝に迎《むか》えに来るって言っていたし」

「そうだね。……案外《あんがい》、親たちの行き先は同じなのかもしれないよ」

「だから、迎《むか》えの時刻《じこく》がいっしょだってこと？　うーん、そうなのかな？　あんまり、つながりのない三匹《びき》に見えたけどなぁ」

だが、千弥《せんや》の勘《かん》は当たっていたのだ。

2

太鼓《たいこ》長屋を出たあと、烏天狗《からすてんぐ》の飛黒《ひぐろ》と寝言猫《ねごとねこ》のおこねは、いったん別《わか》れ、それぞれ大きな荷をかかえて、人気《ひとけ》のない森にて落ちあった。

「青兵衛《あおべえ》さんはまだ？」

「ああ。だが、じきに来るだろう。先にしたくだけでもしておこう」

「そうでございますね。あ、そうそう。三匹《びき》ねずみさんたちは？」

「彼《かれ》らは来ぬそうだ。子どもがようやくしゃべりだしたので、いまは片時《かたとき》もそばをはなれたくないらしい」

「おやま。残念《ざんねん》な。あの三匹《びき》がいるといないとでは、お酒の味が大ちがいなのに」

そう言いながら、おこねは美しい緋《ひ》色の敷物《しきもの》をさっと広げた。つづいて、大きなとっくりを置《お》き、赤い盃《さかずき》を三つならべる。

飛黒《ひぐろ》は飛黒《ひぐろ》で、術《じゅつ》で火をおこし、持ってきた鍋《なべ》を温めはじめた。たちまちうまそうな匂《にお》いがただよいだし、おこねは鼻をひくひくさせた。

「よい匂《にお》いでございますね」

「きのこ汁《じる》だ。ついつい作りすぎてしまった。これは女房殿《にょうぼうどの》の好物《こうぶつ》でもあるのでな」

「ふふふ。あいかわらず仲《なか》がよろしいようで」

「なに。女房殿《にょうぼうどの》の機嫌《きげん》が悪いと、家そのものの空気がよどんでくるでな」

ここで青兵衛《あおべえ》が到着《とうちゃく》した。

「いやあ、遅《おく》れて申《もう》し訳《わけ》ございやせん。出かけにばたばたしちまったもんで。でも、約束《やくそく》どおり、つまみはたっぷり持ってきやした。これでかんべんしてくださいやし」

そう言って、青兵衛《あおべえ》は大きな重箱を差《さ》しだした。中身は、具だくさんな炊《た》きこみごはん、ずっしりとしたあまい卵焼《たまごや》き、つくね、魚のあえもの、天ぷら、煮物《にもの》、練り物、酢《す》の物《もの》と、豪華《ごうか》なものだった。

「うむ。これなら申し分ないな。……では、やるか?」

「やりやしょう」

「まずはお酒からでございますね」

三匹《びき》は「いざ！」と、なみなみと酒の注《つ》がれた盃《さかずき》をかかげた。

　こうして、風変《ふうが》わりな宴《うたげ》がはじまったのだ。

　そもそものはじまりは、飛黒《ひぐろ》の思いつきによるものだった。

「華蛇《かだ》の姫《ひめ》の祝言《しゅうげん》も終わり、それぞれ少し落ちついてきたはず。そこで、我《われ》ら下々のものだけの宴《うたげ》を設《もう》けようと思うのだが、いかがだろう？　うまいものを食べ、酒を飲み、疲《つか》れやたまったぐちを吐《は》きだそうではないか」

　この誘《さそ》いに、おこねと青兵衛《あおべえ》は一も二もなく乗ったというわけだ。

ぐうっと酒を飲みほしたあと、青兵衛《あおべえ》はおこねに顔を向けた。

「まずはおこねさんにお礼を申しあげやす。姫《ひめ》さまの祝言《しゅうげん》ではお世話になりやした」

「ああ、花婿殿《はなむこどの》の親御《おやご》さまに術《じゅつ》をかけたことでございますね」

「へい。おかげで、滞《とどこお》りなく祝言《しゅうげん》を挙《あ》げられやした。あれをやっていただかなかったら、ちょっとした騒《さわ》ぎになっていたことでございやしょう。なんと言っても、人はあやかしをおそれ、忌《い》みきらうものでございやすからね」

だからこそ、王蜜《おうみつ》の君《きみ》はおこねに命じ、久蔵《きゅうぞう》の両親に術《じゅつ》をかけさせたのだ。術《じゅつ》にかかった二人の目には、妖怪《ようかい》たちの不思議《ふしぎ》なすがたもごくふつうの人間に見え、和《なご》やかにあのひと時を過《す》ごせたというわけだ。

頭を下げる青兵衛《あおべえ》に、おこねは笑《わら》った。

「こっちは主《あるじ》に命じられたから、そのとおりにしただけのことでございますよ。……とはいうものの、決してたやすくはございませんでした。たしかに、我《われ》ら寝言猫《ねごとねこ》は、寝言《ねごと》を言わせるだけでなく、人に幻《まぼろし》も見せられます。でも、これがかなり妖力《ようりき》を使うのですよ。……おかげで少し痩《や》せてしまいました」

「……申《もう》し訳《わけ》ないことで」

身を縮《ちぢ》める青兵衛《あおべえ》に、いやいやと、飛黒《ひぐろ》が首をふった。

「それを言うなら、まずはわしがおぬしらに頭を下げなければなるまい。特《とく》に青兵衛《あおべえ》は……わが女房殿《にょうぼうどの》のせいで、だいぶきりきりまいをさせられたのではないか？」

「ま、否定《ひてい》はいたしやせん」

卵焼《たまごや》きをほおばりながら、青兵衛《あおべえ》はうなずいた。

「ことに、あの試練《しれん》の間は……正直、胃《い》に穴《あな》が開くかと思いやした」

「お屋敷《やしき》でもそのような……いや、我《わ》が家《や》にてもぴりぴりしておったがの」

「ぴりぴりなんてもんじゃございやせん。ありゃもう、雷《かみなり》さまみてぇでございやした」

「そ、そうか」

まあまあと、おこねがなだめた。

「でも、無事《ぶじ》に祝言《しゅうげん》が終わり、奥方《おくがた》のいらいらもなくなったのでは？」

「うむ。それがな……ようやくあきらめがついたと思いきや、今度はなにかがぷっつりと切れてしまったようでの。いまは毎日、自室にて寝《ね》てばかりなのだ」

「まあ、そのおかげで、我《われ》ら蛙《かえる》はのびのび……いや、なんでもございやせん」

「いや、わかっておる。うちのはそれだけ迷惑《めいわく》をかけたのであろう。鬼《おに》の居《い》ぬ間のなんとやら。おぬしらには存分《ぞんぶん》にのんびりしてもらいたいものよ」

苦いものを飲みほすように、飛黒《ひぐろ》はぐびっと酒をあおる。

場を和《なご》ませようと、おこねは青兵衛《あおべえ》に語りかけた。

「奥方《おくがた》と言えば、青兵衛《あおべえ》さん、そちらの奥方《おくがた》は？」

「少し長い休みをいただいて、温泉《おんせん》に行っちまいやした」

しかたないのだと、青兵衛《あおべえ》は情《なさ》けなさそうに言った。

「うちのやつは、姫《ひめ》さまの料理修業《りょうりしゅぎょう》をつきっきりで見てやしたからね。姫《ひめ》さまが指をずばずば切り落とすたびに、すかさず河童《かっぱ》の軟膏《なんこう》ではっつけていたわけでして。そんなのを毎日毎日見せつけられちゃ、さすがの肝《きも》っ玉《たま》かかあもたまったもんじゃございません。しばらくは包丁《ほうちょう》も軟膏《なんこう》も見たくないと、さっさと温泉《おんせん》に向かっちまったというわけで」

「まあ、それじゃ毎日のおまんまのしたくも青兵衛《あおべえ》さんがしなくちゃいけなくて、大変《たいへん》でございますねえ」

「いや、そっちはそうでもないんで。もともと煮炊《にた》きするのは好《す》きでやしてね。このお重も、手前がこしらえたんでございやすよ」

「うん、うまい」

「見事なお手前でございますねえ」

ほめられて、げこっと、青兵衛《あおべえ》の腹《はら》が得意《とくい》そうにふくらんだ。

だが、その腹《はら》はすぐにしゅうっとしぼんだ。陰気《いんき》な顔になりながら、青兵衛《あおべえ》はぼそぼそと言った。

「まあ、いろいろと大変《たいへん》なことがあったわけでございやすが……やっかいなのはむしろ、いまなのかもしれやせん。……第三の試練《しれん》として、萩乃《はぎの》さまが影法師《かげぼうし》の子を久蔵殿《きゅうぞうどの》のところに送りこんだのは、ご存《ぞん》じでござんしょう?」

「ああ。たしか、その子どもを渡《わた》すのは、青兵衛《あおべえ》が引き受けたとか」

「引き受けたんじゃございやせん! 命じられて、いやいやでございやす!」

ぴしゃりと、青兵衛《あおべえ》は噛《か》みつくように言った。だいぶ酒がまわりはじめているのか、目が据《す》わってきている。

「あのとき、手前は姫《ひめ》さまが亡《な》くなったふりをしなくてはならなくて。あの一件《いっけん》で、手前はすっかり久蔵殿《きゅうぞうどの》にきらわれてしまったんでございやす。手前は言いつけに従《したが》っただけなのに。こ、こんなのはあんまりでございやす」

「す、すまぬ」

「飛黒殿《ひぐろどの》にあやまっていただいても、どうにもならんことでございやす」

そっぽを向く青兵衛《あおべえ》に、おこねは首をかしげた。

「そうでございますかねぇ？　いえね、祝言《しゅうげん》のときに見ていたんでございますが、久蔵殿《きゅうぞうどの》は親しげに青兵衛《あおべえ》さんに話しかけていたじゃありませんか。きらっているようには……」

「おこねさん。だまされちゃいけやせん」

もとから青い顔をさらに青ざめさせながら、青兵衛《あおべえ》は言った。

「あの一件以来《いっけんいらい》、久蔵殿《きゅうぞうどの》は手前の顔を見れば、酒をいっしょに飲もうと、笑顔《えがお》で声をかけてきてくださいやす。でも、目が笑《わら》ってないんで。あれはもう、とにかく手前をとっちめてやろうと、そういう目なんでございやす。もう、こわくてこわくて」

と、ここで飛黒《ひぐろ》が、がばりっと突《つ》っ伏《ぷ》した。

「なんでこう、つらいことばかりなのだ！　気《き》の毒《どく》に、青兵衛《あおべえ》！　気《き》の毒《どく》だぁ！」

おいおい泣《な》きながら、大声でさけぶ飛黒《ひぐろ》。そのすがたに、おこねと青兵衛《あおべえ》はひそひそと言葉を交《か》わした。

「あらま、酔《よ》っぱらってらっしゃる。……いつの間にか、ずいぶん飲んでしまったんでございますねぇ」

「見かけほど酒に強くないようでございやすね。……酒鬼《さけおに》のようなお顔なのに」

「ほんとに。あれで、あの奥方《おくがた》のほうから惚《ほ》れこんで、押《お》しかけたというのだから……本当に世の中とはわからぬものでございますね」

かなり失礼《しつれい》なことを言われているとも知らず、飛黒《ひぐろ》はひたすらくだを巻《ま》いていた。

「しかし！　しかしだ！　つらいと言うなら、このわしだって日々、さんざんな目にあっているのだ！　なにゆえ自慢《じまん》の翼《つばさ》を使って、主《あるじ》の甥《おい》を追いまわさねばならぬ？　ん？　どうだ？　これこそあんまりというものであろう！」

「甥《おい》というと、津弓《つゆみ》さま？」

「そうだ。最近《さいきん》は梅吉《うめきち》という子妖《こよう》となかよくしておられての。二人して、あちこちでいたずらをしでかして、騒《さわ》ぎを起こしておられる。いまのわしは、奉行所《ぶぎょうしょ》の烏天狗《からすてんぐ》ではなく、いたずら小僧《こぞう》どものあとしまつに日々追われておるわ！」

「それはそれは……」

「だいたい、主《あるじ》は津弓《つゆみ》さまにあまずぎる！　悪さをしても、きつくはしからぬのだ。せいぜい、説教《せっきょう》をして、屋敷《やしき》に閉《と》じこめる程度《ていど》よ。かわりに、しかられるのはだれだと思う？　このわしぞ！　わかるか？　あの主《あるじ》にしかられるのだぞ！」

「月夜公《つくよのぎみ》にしかられるのは、きつそうでございやすね。お気《き》の毒《どく》でございやす」
「いいえ」
おこねがきっぱりとした口調で言った。
「きついと言うなら、わが主《あるじ》の王蜜《おうみつ》の君《きみ》だってそうでございますよ。あの方は風のように
とらえどころのない方でございますが、その分、強引《ごういん》なところもあって、仕えている身と
してはたまったもんじゃございません。今回の祝言《しゅうげん》だってそうでございますよ。いきなり華《か》
蛇《だ》のお屋敷《やしき》に連《つ》れてこられたかと思ったら、これからやってくる人間にこれこういう
幻《まぼろし》を見せよと、命じられたんでございますからね」
「そのことだが、おこね、なぜおぬしなのだろうな？　いや、王蜜《おうみつ》の君《きみ》ほどのお方なら、
自分で術《じゅつ》をかけてもよさそうなものを」
「王蜜《おうみつ》の君《きみ》はたしかにすさまじい妖力《ようりき》をお持ちです。ですが、大がかりな術《じゅつ》は得意《とくい》でも、
幻《まぼろし》を見せるのは苦手だそうで。……おかげで、こちらは前々から約束《やくそく》していた仲間《なかま》との
集まりを、ふいにしてしまったんでございますよ。今回は極上《ごくじょう》のまたたび酒を存分《ぞんぶん》に飲む
はずだったのに！　もうくやしいったら！」
「……」

「………」

三匹《びき》はじっとりとした目を見交《みか》わした。

「……なんか、だんだん腹《はら》が立ってきやしたね」

「ええ。もうこうなったら……とにかく、飲みましょう」

「そうだ。今夜は朝まで飲んで飲んで、いやなことをぜんぶ忘《わす》れてしまおうぞ！」

その言葉どおり、従者《じゅうしゃ》たちの宴《うたげ》は東の空が白むまでつづいたのだ。

3

夜明けにもどってきた飛黒《ひぐろ》たちを見て、弥助《やすけ》はかたまった。

「……すげえ顔だね」

「うむむ、ちと調子に乗ってしまってな……」

「ちょいと飲みすぎたんでございますよ」

「うええ……」

飛黒《ひぐろ》もおこねも足元がおぼつかず、目もしょぼしょぼとしている。青兵衛《あおべえ》など、なにやら黄緑色となっていて、言葉も出ないようすだ。

そんな親たちに、子妖《こよう》たちは飛《と》びついていった。

「父上！　お帰りなさい！」

「楽しかったですよ、父上！　あのですね、青兵衛殿《あおべえどの》のおたまじゃくしの名前を言い当てる遊びをしたんです」

「うにゃあああん。なあああん」

「そうそう。まるもが見事に三匹《びき》も言い当てたんですよ」

「すごいですよね。あ、でも、右京《うきょう》も一匹《ぴき》当てましたよ」

きゃいきゃい騒《さわ》ぐ双子《ふたご》とまるも。たらいからは、五十六匹《ぴき》のおたまじゃくしがぴちゃぴちゃはねながら、青兵衛《あおべえ》に鳴きかける。

その騒《さわ》ぎに、親たちはますます死にそうな顔になった。耳をおさえてうめく。

「頼《たの》む！　頼《たの》むから、どなってくれるな！」

「まるもや、声を落として、ね？」

「うええ……」

あまりにも哀《あわ》れなようすに、弥助《やすけ》はしかたないと声をかけた。

「茶でもいれてやるよ。そんなんじゃ子どもを連《つ》れて帰れないだろ？」

「申《もう》し訳《わけ》ない」

「お手間をかけます」

「うええ……」

「いいってことさ」

弥助《やすけ》がわざわざ茶をいれてやることが気に食わなかったのだろう。千弥《せんや》はひややかに親たちに言った。

「まったく。迎《むか》えを待ってる子らがいるというのに、そんなふうに酒を飲みすぎるとは。情《なさ》けないかぎりだね。弥助《やすけ》、こんなやつらには水で十分じゃないかね？　お茶なんてもったいないよ」

「千にいったら、そんなこと言ったらかわいそうだよ。この三人はお客なんだしさ。少しくらいもてなしてやったって、ばちはあたらないって」

「ああ、弥助《やすけ》！　おまえって子はほんとにやさしい良《よ》い子だねえ！　おまえたち。こういうわけだからね、ありがたくお茶を飲むんだよ。一滴《てき》たりとも残《のこ》すんじゃないよ」

「もう、千にいってば。ほらほら、おまえたちは向こうでまた遊んでな。おとっつぁんたちがもうちっとしゃきっとすれば、家に帰れるから」

「はーい！」

そうして、弥助《やすけ》がいれた茶を、親たちがへろへろ顔ですすりだしたときだ。

長屋の戸がするっと開き、一人の女が入ってきた。

「お邪魔《じゃま》いたします」

それは初音姫《はつねひめ》の乳母《うば》、萩乃《はぎの》であった。

弥助《やすけ》もおどろいたが、飛黒《ひぐろ》のおどろきようといったらなかった。ぐんにゃりとしていたのが、びょんっと、栗《くり》がはぜるように立ちあがったのだ。

「にょ、女房殿《にょうぼうどの》！　な、なぜここに！」

「あまりに帰りが遅《おそ》いので、子どもたちを迎《むか》えにきたのですよ」

「母上！」

右京《うきょう》と左京《さきょう》が大よろこびで萩乃《はぎの》に駆《か》けよった。

「母上、もうお元気になったのですか？」

「寝《ね》ていなくてもいいのですか？」

「ええ。母はもうだいじょうぶです。心配をかけましたね。さ、あなた、帰りましょう」

「う、うむ。じつはまだ胸焼《むねや》けが……」

「それほどお酒を召《め》されたのですか？」

あきれたと、萩乃《はぎの》は飛黒《ひぐろ》をにらんだ。

「気持ち悪くなったのは自業自得《じごうじとく》。いつまでも弥助殿《やすけどの》のもとにいては、それこそ迷惑《めいわく》になりましょう。休むなら我《わ》が家《や》にてお休みなさい。もどったら、わたくしが介抱《かいほう》してさしあげますから」

「わ、わかった」

「では、みなさま、お世話になりました。ごきげんよう」

双子《ふたご》を連《つ》れ、飛黒《ひぐろ》を従《したが》え、萩乃《はぎの》はさっそうと去った。

あっけにとられていた弥助《やすけ》だが、我《われ》に返るなり、大声をあげてしまった。

「えっ！　ええええっ！　あれ、ほんと？　ほんとに、飛黒《ひぐろ》のおかみさんって……」

「ええ。華蛇《かだ》の萩乃《はぎの》さんでございますよ」

「……どこがどうして、そうなったわけ？　だって……言っちゃ悪いけど、ぜんぜんお似《に》合《あ》いじゃないよ？　お乳母《うば》さんはきれいだけど、飛黒《ひぐろ》はあんなすがただし……華蛇《かだ》って、だいたいがきれいな顔が好みじゃなかった？」

「なんでも、月夜公《つくよのぎみ》の使いで華蛇《かだ》のお屋敷《やしき》を訪《たず》ねた飛黒《ひぐろ》さんが、おまんじゅうを萩乃《はぎの》さんにあげたことが出会いらしくて」

「まんじゅうって……そんなもんで釣《つ》れる相手なのか？　あのお乳母《うば》さんが？」

首をひねる弥助《やすけ》に、おこねも自信《じしん》なさそうに青兵衛《あおべえ》を見た。

「青兵衛《あおべえ》さん、あのうわさ、まことなんでございますか？」

「まんじゅうについては、手前は知りやせん……ただ、萩乃《はぎの》さまが飛黒殿《ひぐろどの》にぞっこん惚《ほ》れこんで、追いまわして、ついには押《お》しかけ女房《にょうぼう》になったのはまちがいないことでやして」

「ふ、不思議《ふしぎ》なこともあるもんだね」

「へい。いまだに妖界《ようかい》の七不思議《ななふしぎ》の一つと、言われておりやす」

「だろうね……」

人それぞれ。妖怪《ようかい》もそれぞれ。その言葉をしみじみ噛《か》みしめた弥助《やすけ》であった。


すっかり明るくなった空を飛《と》びながら、萩乃《はぎの》は夫《おっと》に声をかけた。

「だいじょうぶですか？　家まであと少しですから、しっかりなさって」

「う、うむ。だいじょうぶだ。……それより、おぬしこそ、もう起きてよいのか？」

「ええ。ふて寝《ね》にももうあきました。いくら泣《な》き暮《く》らしても、姫《ひめ》さまはあの男と夫婦《ふうふ》になるお覚悟《かくご》のようですし。……このままではわたくし一人がわからず屋のようで、しゃくに障《さわ》ります。はあ、それにしても……なにゆえ姫《ひめ》さまはあんな男と……」

深々とため息をつく萩乃《はぎの》に、飛黒《ひぐろ》は思いきったように切りだした。

「なあ、女房殿《にょうぼうどの》。祝言《しゅうげん》も終わり、そちらの姫《ひめ》はひとまずおぬしの手をはなれたわけだ。そろそろ華蛇族《かだぞく》の乳母《うば》ではなく、わしの妻《つま》、子どもらの母にもどってもよいころではないか？」

「……………」

「このひと月あまり、おぬしはずっと家にいてくれた。わしも子どもらもうれしかったのだ。だから、これからもそうしてもらいたいのだが……」

「……そうですね」

萩乃《はぎの》はかすかにほほえんだ。

「家にもどっても、わたくしはあまりお役には立てませんよ？　料理《りょうり》は苦手ですし」

「そんなもの、わしがこれまでどおりやればよい」

「……そういえば、昨夜《さくや》のきのこ汁《じる》はおいしゅうございました。……またこしらえてくださいます？」

「もちろんだ。いまは秋だ。おぬしの好《す》きな栗《くり》おこわも炊《た》いてやろう」

「ま、それは楽しみな」

今度こそ、萩乃《はぎの》は大きく笑《わら》いだした。

そうだ。こういう相手だから夫婦《ふうふ》になりたいと思ったのだ。

顔に似合《にあ》わぬ細やかな気遣《きづか》いとやさしさにあふれた烏天狗《からすてんぐ》。きらびやかな華蛇《かだ》の殿方《とのがた》とは、まさに正反対なところにひかれた。どうしてもいっしょになりたいと思い、ついにはむりやり押《お》しかけ、居座《いすわ》ったのだ。

あのときの必死《ひっし》な気持ちをなつかしく思いだしつつ、ふと思った。

初音姫《はつねひめ》も、自分と同じものを久蔵《きゅうぞう》という人間に感じたのではないかと。

思わず舌打《したう》ちしてしまった。

「いまになって気づくとは……わたくしもおろかな……」

「なにか言ったか？　すまぬ。聞こえなかった」

「いえ、ただの独《ひと》り言《ごと》でございます。それより……」

萩乃《はぎの》は惚《ほ》れ惚《ぼ》れとしたまなざしで飛黒《ひぐろ》を見た。

「な、なんだ？」

「いつ見ても、あなたは良《よ》い男だと思いまして」

「か、からかってくれるな」

「まことのことですもの。ねえ、右京《うきょう》、左京《さきょう》。父上はすてきな殿御《とのご》でしょう？」

「はい、母上!」

「そう思います!」

「そうでしょう? 母もね、父上のことが大好《だいす》きなのですよ」

もうやめてくれと、飛黒《ひぐろ》は顔をおおう。そんな夫《おっと》を見つめながら、萩乃《はぎの》はこの相手を選《えら》んでよかったと、心から思ったのだ。

妖怪《ようかい》の子預《あず》かります 5

2020年8月12日　初版
2021年7月9日　3版

著者
廣嶋玲子《ひろしまれいこ》

発行者
渋谷健太郎

発行所
（株）東京創元社
〒162-0814 東京都新宿区新小川町1-5
03-3268-8231（代）
http://www.tsogen.co.jp

装画・挿絵
Minoru

装幀
藤田知子

印刷
フォレスト

製本
加藤製本

乱丁・落丁本は、ご面倒ですが小社までご送付ください。
送料小社負担にてお取替えいたします。

ISBN978-4-488-02825-1　C8093